COLLECTION FOLIO

Épictète

De la liberté

précédé de

De la profession de Cynique

Texte établi et traduit du grec ancien
par Joseph Souilhé
avec la collaboration d'Amand Jagu

Gallimard

Ces textes sont extraits des *Entretiens, livres I à IV* (Tel n° 232).
Les chiffres inscrits dans la marge extérieure indiquent les sections du chapitre.

Né en Phrygie (Asie Mineure) vers 50, Épictète est un esclave. Il suit son maître Épaphrodite à Rome où il est affranchi. Il y ouvre une école de philosophie et est rapidement entouré de nombreux disciples, dont Arrien de Nicomédie qui recueille son enseignement dans le *Manuel* et les *Entretiens*. Seuls quatre livres sur les huit des *Entretiens* nous sont parvenus. En 90, l'empereur Domitien le bannit avec plusieurs autres philosophes car il met en péril l'ordre de la cité. Épictète s'installe alors à Nicopolis en Épire où il meurt vers 125.

De l'école stoïque, Épictète propose une philosophie qui repose essentiellement sur la raison de nature divine et la liberté de l'homme. Délivré des passions, le sage peut rester serein dans les épreuves.

Découvrez, lisez ou relisez Épictète :

ENTRETIENS. Livres I à IV (Tel n° 232)

De la profession de Cynique

Un de ses disciples, qui paraissait avoir du 1
penchant pour la profession de Cynique, lui demandait : « Quelle sorte d'homme doit être le Cynique, et comment faut-il concevoir cette profession ? »

— Nous examinerons la chose à loisir 2
[répondit Épictète], mais tout ce que je puis te dire, c'est que celui qui entreprend, sans l'aide de Dieu, une affaire aussi importante, encourt
la colère divine et ne veut pas autre chose que 3
se couvrir de honte aux yeux de tous. Car personne n'entre dans une maison bien ordonnée en se disant : « Il faut que j'en sois l'intendant. » Sans quoi, quand le maître survient et le voit distribuer insolemment des ordres, il le tire
dehors et lui administre une sévère correction. 4
Ainsi en arrive-t-il également dans cette grande

5 cité. Car là aussi il y a un maître de maison qui
distribue des ordres à tous les êtres en parti-
culier : « Toi, tu es le soleil : tu peux faire, dans
ta révolution, l'année et ses saisons, donner aux
fruits leur croissance et leur nourriture, soule-
ver et calmer les vents, réchauffer, suivant une
juste mesure, les corps humains ; va, accomplis
ta révolution et mets ainsi en mouvement toutes
6 choses, depuis les plus grandes jusqu'aux plus
petites. Toi, tu es un jeune veau : quand le lion
paraît, joue ton rôle ; sinon, tu t'en repentiras.
7 Toi, tu es un taureau, porte-toi en avant et
combats, car c'est ton affaire, cela te convient et
tu en es capable. Toi, tu es capable de com-
mander l'armée contre Ilion : sois Agamemnon.
8 Toi, tu es capable de te battre contre Hector en
combat singulier : sois Achille. » Mais si Ther-
site[1] s'était présenté et avait revendiqué le com-
mandement, ou il ne l'aurait pas obtenu, ou, s'il
l'avait obtenu, il se serait couvert de honte
devant une multitude de témoins.

1. Sur Thersite, voir *Iliade*, II, 212-270. Il est présenté comme « l'homme le plus laid et le plus lâche qui soit venu sous Ilion » (216, 248). Il s'attaque à Achille, à Ulysse et à Agamemnon, traite les autres de lâches et de poltrons, mais dès qu'Ulysse le malmène, il prend peur et se met à pleurer. C'est le type même du fanfaron.

Pour toi, examine l'affaire avec soin. Elle 9
n'est pas ce que tu crois.

— Je porte déjà un manteau grossier, alors 10
aussi j'en porterai un. Je couche déjà sur la
dure, alors aussi j'y coucherai. Je prendrai, en
outre, une misérable besace et un bâton, et
j'entreprendrai mes courses, mendiant et inju-
riant les passants. Et si je vois quelqu'un s'épi-
ler, je le réprimanderai, de même celui dont la
chevelure serait trop bien soignée ou qui irait
se pavanant dans des habits écarlates.

— Si c'est ainsi que tu te représentes l'af- 11
faire, éloigne-t'en ; ne t'en approche pas, elle
n'a rien à faire avec toi. Mais si tu te la repré- 12
sentes telle qu'elle est et ne te juges pas toi-
même indigne d'elle, considère quelle en est la
grandeur.

Tout d'abord, pour ce qui te concerne per- 13
sonnellement, il te faut changer complètement
ta manière actuelle d'agir, n'accuser ni Dieu,
ni homme ; il te faut supprimer entièrement tes
désirs, ne chercher à éviter que ce qui dépend
de toi, n'avoir ni colère, ni ressentiment, ni
envie, ni pitié ; ne trouver belle aucune jou-
vencelle ni aucune gloriole, ni beau aucun gar- 14
çonnet, ni bonne aucune friandise. Car il faut

bien que tu saches ceci : les autres hommes se
mettent à l'abri de leurs murs et de leurs mai-
sons et des ténèbres pour accomplir les actions
de ce genre, et ils ont mille moyens pour les
cacher : on tient sa porte fermée, on a quel-
qu'un posté devant sa chambre à coucher : « Si
15 quelqu'un vient, dis : il est dehors, il n'est pas
libre. » Mais le Cynique, au lieu de toutes ces
protections, doit s'abriter derrière sa réserve ;
sinon, c'est dans sa nudité et au grand jour qu'il
étalera son indécence. Voilà sa maison à lui,
voilà sa porte, voilà les gardes de sa chambre à
16 coucher, voilà ses ténèbres. Non, il ne doit
rien vouloir cacher de ce qui le concerne (sans
quoi, il a disparu, il a détruit en lui le Cynique,
l'homme qui vit au grand jour, l'homme libre,
il a commencé à craindre quelque objet exté-
rieur, il a commencé à avoir besoin qu'on le
cache), et quand il le veut, il ne le peut. Où,
17 en effet, se cacher et comment ? Or si, par
18 hasard, il vient à être pris, lui, l'éducateur uni-
versel, le pédagogue, ce qu'il doit souffrir !
Avec toutes ces craintes, est-il donc capable de
mettre tout son courage et tout son cœur à
diriger les autres ? Il n'y a pas moyen, c'est
impossible.

Tu dois, par conséquent, commencer par 19
rendre pure la partie maîtresse de ton âme et
réaliser le programme de vie suivant : « Désor- 20
mais, la matière sur laquelle je dois travailler,
c'est ma pensée, tout comme celle du charpentier, c'est le bois ; celle du cordonnier, le
cuir ; et mon travail consiste à user de mes
représentations avec rectitude. Le misérable 21
corps n'est rien pour moi ; ses membres non
plus ne sont rien pour moi. La mort ? Qu'elle
vienne quand elle voudra, la mort de l'être
tout entier ou d'une de ses parties. L'exil ? Et 22
où peut-on m'expulser ? Hors du monde, on
ne le peut. Mais, partout où j'irai, il y aura le
soleil, la lune, les astres, les songes, les présages,
la conversation avec les dieux. »

Puis, ainsi préparé, le véritable Cynique ne 23
peut se contenter de cela, mais il doit savoir
qu'il a été aussi envoyé aux hommes par Zeus
en qualité de messager, pour leur montrer
qu'au sujet des biens et des maux, ils sont
entièrement dans l'erreur et qu'ils cherchent
ailleurs la nature du bien et du mal, là où elle
ne se trouve pas, mais que, là où elle est, ils ne 24
songent pas à la chercher ; il doit savoir qu'à
l'exemple de Diogène, envoyé à Philippe après

la bataille de Chéronée, il doit être un éclaireur[1]. En réalité, le Cynique est bien pour les hommes un éclaireur de ce qui leur est favo-
25 rable et de ce qui leur est hostile. Et il doit explorer d'abord avec exactitude, puis revenir annoncer la vérité, sans se laisser paralyser par la crainte au point de signaler comme ennemis ceux qui ne le sont pas et sans se laisser troubler ou brouiller l'esprit de quelque autre manière par les représentations.

26 Il doit donc être capable, si l'occasion se présente, d'élever la voix et de monter sur la scène tragique pour répéter le discours de Socrate : « Hélas ! hommes, où vous laissez-vous emporter[2] ? Que faites-vous, malheureux ? Comme des aveugles, vous roulez de côté et d'autre ; vous suivez une route étrangère après avoir quitté la véritable, vous cherchez ailleurs la paix et le bonheur, là où ils ne sont pas, et, quand un autre vous les montre,
27 vous n'y croyez pas non plus. Pourquoi les chercher au-dehors ? Dans le corps ? ils n'y sont pas. Que si vous en doutez, voyez Myron, voyez Ophellius. Dans la fortune ? ils n'y sont

1. Diogène Laërce, VI, 43.
2. Platon, *Clitophon*, 407 a.

pas. Que si vous en doutez, voyez Crésus[1],
voyez les riches d'aujourd'hui, de combien de
lamentations leur vie est remplie ! Dans le pou-
voir ? ils n'y sont pas. Sans quoi, assurément,
ceux qui ont été deux et trois fois consuls
devraient être heureux. Or ils ne le sont pas. 28
Qui croirons-nous là-dessus ? Vous, qui consi-
dérez leur situation du dehors et qui êtes
éblouis par l'apparence extérieure, ou eux-
mêmes ? Que disent-ils ? Écoutez-les se lamen- 29
ter, gémir, estimer que ces mêmes consulats et
leur réputation et leur splendeur leur procu-
rent plus de misères et de périls. Ils ne sont pas 30
dans la royauté. Sans quoi, Néron eût été heu-
reux, ainsi que Sardanapale. Mais Agamemnon
lui-même n'était pas heureux, bien qu'il fût
un homme meilleur que Sardanapale et que
Néron. Or, tandis que les autres ronflent, lui,
que fait-il ?

Il arrache à poignées de sa tête ses cheveux plantés drus.

Et comment s'exprime-t-il ?

1. Les auteurs diatribiques aimaient prendre comme exemple de l'instabilité de la fortune la destinée de Crésus.

Je vais et viens,

dit-il, et :

Mon esprit est troublé, et hors de ma poitrine,
Mon cœur bondit[1]. »

31 Malheureux ! De tes affaires, laquelle est en mauvais état ? Ta fortune ? Elle ne l'est pas. Ton corps ? Il ne l'est pas. Mais « tu es riche en or et en bronze[2] ». Qu'est-ce qui va donc mal chez toi ? Cela précisément, quoi que ce puisse être, a été négligé en toi et s'est gâté, ce par quoi nous désirons quelque chose ou nous en détournons, par quoi nous éprouvons des propensions ou des répulsions. Comment cette
32 faculté a-t-elle été négligée ? Elle ignore la nature du bien pour lequel elle est faite, ainsi que la nature du mal, et ce qui proprement la concerne et ce qui lui est étranger. Et quand quelqu'une de ces choses qui lui sont étrangères se trouve en mauvais état, elle dit :

1. Homère, *Iliade* X, 15, 91, 94-95.
2. Homère, *Iliade*, XVIII, 289.

— Malheur à moi ! car les Grecs sont en 33
danger.

— Misérable faculté maîtresse, seule négligée, privée de tout soin !

Ils vont périr sous les coups des Troyens !

— Mais si les Troyens ne les font point périr, ne mourront-ils point, peut-être ?

— Si, mais pas tous à la fois.

— Où donc est la différence ? Car si mourir est un mal, que ce soit tous à la fois ou l'un après l'autre, c'est également un mal. Doit-il se produire autre chose que la séparation du misérable corps et de l'âme ?

— Rien.

— Mais pour toi, si les Grecs périssent, la 34
porte reste-t-elle fermée [1] ? N'est-il point possible de mourir ?

— C'est possible.

— Pourquoi donc te lamenter ? « Oh ! un
roi et qui tient le sceptre de Zeus ! » Un roi ne 35
tombe pas dans le malheur, pas plus que n'y tombe un dieu. Qu'es-tu donc ? Un berger, en

1. Épictète veut dire qu'Agamemnon peut se donner la mort s'il juge indigne de vivre en de telles circonstances. En effet, Épictète permet le suicide comme moyen de sauvegarder sa dignité personnelle. « La porte est ouverte », a-t-il coutume de dire.

vérité, car tu te lamentes comme les bergers quand un loup leur enlève un de leurs mou-
36 tons, et ce sont bien là des moutons, ceux que tu gouvernes. Mais pourquoi es-tu venu ? Serait-ce que chez vous la faculté de désir était en péril, ou celle d'aversion, ou vos propensions, ou vos répulsions ?

— Non, dit-il, mais la femmelette de mon frère a été enlevée.

37 — N'est-ce donc pas un grand gain d'être délivré d'une femmelette adultère ?

— Devrons-nous donc subir les mépris des Troyens ?

— Qui sont-ils ? Des hommes sages ou des insensés ? Si ce sont des hommes sages, pourquoi les combattez-vous ? Si ce sont des insensés, pourquoi vous en préoccuper ?

38 — Où donc est le bien, puisqu'il ne se trouve pas dans ces objets ? Dis-le-nous, seigneur messager et éclaireur.

— Là où vous ne l'attendez pas et ne voulez pas le chercher. Car si vous le vouliez, vous l'auriez trouvé en vous ; vous ne vous égareriez pas au-dehors et ne rechercheriez pas tout
39 ce qui vous est étranger comme autant de biens propres. Revenez en vous-mêmes, comprenez

les prénotions que vous portez en vous. Quelle
sorte de réalité vous représentez-vous comme
le bien ? La sérénité, le bonheur, l'absence
de contrainte. Eh bien ! ne vous le représen-
tez-vous pas comme une réalité naturelle-
ment grande ? Ne vous le représentez-vous 40
pas comme une réalité précieuse ? Ne vous le
représentez-vous pas comme une réalité à
l'abri de toute atteinte ? En quelle matière faut-
il donc chercher la sérénité et l'absence de
contrainte ? Dans la matière serve ou dans la
matière libre ?

— Dans la matière libre.

— Eh bien ! votre misérable corps, le possédez-vous libre ou serf ?

— Nous ne le savons pas.

— Vous ne savez pas qu'il est esclave de la fièvre, de la goutte, de l'ophtalmie, de la dysenterie, d'un tyran, du feu, du fer, de tout ce qui est plus fort que lui ?

— Oui, il en est esclave.

— Comment donc peut encore être libre 41
de contrainte quoi que ce soit qui appartienne
au corps ? Comment peut être grand ou pré-
cieux ce qui n'est par nature que cadavre, que

de la terre, que de l'argile ? Et alors ? Ne possédez-vous rien qui soit libre ?

— Peut-être rien.

42 — Mais qui peut vous forcer à donner votre assentiment à ce qui vous apparaît faux ?

— Personne.

— Et à ne pas le donner à ce qui vous apparaît vrai ?

— Personne.

43 — Vous voyez donc là qu'il y a en vous quelque chose de naturellement libre. Mais qui d'entre vous peut désirer un objet ou s'en détourner, éprouver des propensions ou des répulsions, préparer ou se proposer quoi que ce soit sans représenter ce qui est utile ou ce qui ne convient pas ?

— Personne.

44 — Vous avez donc encore là quelque chose d'indépendant et de libre. Malheureux, cultivez cela, prenez-en soin, cherchez là votre bien.

45 Et comment est-il possible à un homme qui
n'a rien, ni vêtements, ni abri, ni foyer, qui vit
dans la saleté, qui ne possède ni esclave ni
46 patrie, de passer ses jours avec sérénité ? Voici
que Dieu vous a envoyé quelqu'un pour vous

montrer par l'exemple que c'est possible.
« Voyez-moi, je suis sans abri, sans patrie, sans 47
ressources, sans esclaves[1]. Je dors sur la dure.
Je n'ai ni femme, ni enfants, ni palais de gou-
verneur, mais la terre seule et le ciel et un seul 48
vieux manteau. Et qu'est-ce qui me manque ?
Ne suis-je pas sans chagrin et sans crainte, ne
suis-je pas libre ? Quand l'un de vous m'a-t-il
vu frustré dans mes désirs ou rencontrant ce
que je voulais éviter ? Quand ai-je adressé des
reproches à Dieu ou à un homme ? Quand ai-
je accusé quelqu'un ? L'un de vous m'a-t-il vu 49
le visage triste ? Comment est-ce que j'aborde
ceux que vous redoutez et qui vous en impo-
sent ? N'est-ce pas comme s'ils étaient des
esclaves ? Qui, en me voyant, ne croit voir son
roi et son maître ? »

Voilà des paroles de Cynique, voilà son 50
caractère, voilà son genre de vie. Non [dis-tu,
ce qui fait le Cynique] c'est une misérable
besace, un bâton, de fortes mâchoires, c'est le
fait de dévorer tout ce qu'on lui donne, ou de
le mettre en réserve, ou d'insulter à tort et à
travers tous ceux qu'il rencontre, ou de mon-

1. Diogène Laërce, VI, 38.

51 trer ses belles épaules. Vois-tu comment tu
dois entreprendre une affaire si importante ?
Commence par prendre un miroir, regarde tes
épaules, examine tes reins, tes cuisses. Homme,
tu vas te faire inscrire à Olympie, non pour
52 quelque lutte insignifiante et misérable. Il est
impossible aux jeux Olympiques de simple-
ment subir une défaite et se retirer, mais
d'abord, c'est en face du monde civilisé tout
entier qu'il faut étaler sa honte, et non seule-
ment en face des Athéniens, des Lacédémo-
niens ou des gens de Nicopolis ; ensuite,
l'homme qui est entré sans réflexion devra se
faire rosser mais, avant d'être rossé, il aura souf-
fert la soif, la chaleur, avalé quantité de pous-
sière.

53 Examine la chose plus sérieusement, connais-
toi toi-même, interroge la divinité, sans Dieu
ne tente pas l'entreprise. Car, si Dieu t'y
engage, c'est qu'il veut, sache-le, que tu
deviennes grand, plutôt que de te voir rece-
54 voir beaucoup de coups. C'est, en effet, un sort
bien plaisant qui est tressé pour le Cynique : il
doit être battu comme un âne et, ainsi battu,
il doit aimer ceux qui le battent, comme s'il
55 était le père ou le frère de tous. Non, mais si

on te bat, va crier devant tout le monde : « Ô
César, dans cette pleine paix que tu as créée,
que dois-je souffrir ! Allons devant le procon-
sul. » Mais, pour un Cynique, qu'est César, ou 56
un proconsul, ou tout autre, sinon Celui qui
l'a envoyé et qu'il sert, Zeus ? En invoque-t-il
un autre que lui ? N'est-il pas persuadé que,
dans toutes ces souffrances qu'il doit endurer, 57
c'est lui qui l'exerce ? Mais voyons, Héraclès[1],
quand Eurysthée l'exerçait, ne se jugeait pas
malheureux ; il accomplissait, au contraire,
avec diligence ce qui lui était commandé. Et
celui que Zeus éprouve et exerce va se mettre
à crier et à se fâcher ? Bien digne par là de
porter le sceptre de Diogène ! Écoute les 58
paroles que cet homme, brûlé par la fièvre,
adressait aux passants : « Mauvaises têtes, disait-
il, ne vous arrêterez-vous pas ? Pour voir mou-
rir ou se battre des athlètes, vous entreprenez
un grand voyage jusqu'à Olympie, et vous ne
voulez pas voir le combat de la fièvre et d'un 59
homme[2] ? » Et ce serait peut-être un tel

1. Héraclès est le héros de la peine et de l'effort, du *ponos*, de la patience dans les épreuves. Les Cyniques (Diogène Laërce, VI, 2) et, après eux, les Stoïciens le prirent comme modèle de leur sage. Épictète cite souvent son nom et ses travaux.

2. Saint Jérôme, *Aduersus Jouinianum*, II, 14.

homme qui aurait reproché au dieu qui l'a
envoyé ici-bas de le traiter injustement, lui qui
se glorifiait de ses épreuves et prétendait se
donner en spectacle aux passants. Pourquoi, en
effet, lui adressera-t-il des reproches ? Parce
qu'il garde une attitude digne ? De quoi l'ac-
60 cuse-t-il ? De faire valoir avec plus d'éclat sa
vertu ? Voyons, que dit-il de la pauvreté, de la
mort, du travail ? Comment avait-il coutume
de comparer sa propre félicité à celle du grand
roi ? Ou plutôt, il pensait qu'il n'y avait même
pas de comparaison possible. Car là où règnent
61 troubles, peines, terreurs, désirs insatisfaits, réa-
lisation de tout ce qu'on voudrait éviter, envies
et jalousies, par où la félicité peut-elle se frayer
un chemin ? Et là où règnent des jugements
vermoulus, toutes ces passions doivent égale-
ment régner.

62 Et comme le jeune homme lui demandait si, au cas où il tomberait malade, et qu'un ami l'invitât à venir se faire soigner chez lui, il pourrait y consentir, Épictète répondit :

63 — Mais où me trouveras-tu un ami du Cynique ? Il faut, en effet, qu'un tel homme soit pour le Cynique un autre lui-même s'il

veut être digne d'être compté comme son ami. Il faut qu'il détienne avec lui le sceptre et la royauté et soit un digne ministre s'il doit être jugé digne de son amitié, comme Diogène
devint l'ami d'Antisthène, et Cratès de Dio- 64
gène[1]. Crois-tu que, s'il se contente de venir chez lui pour le saluer, il soit son ami et que
le Cynique le jugera digne d'être reçu par lui ? 65
De sorte que, si c'est là ce que tu penses et si c'est ton idée, cherche plutôt un bon petit tas de fumier où faire ta fièvre et te mettre à l'abri du vent du nord, afin de ne pas mourir de
froid. Mais tu préfères, me semble-t-il, aller 66
chez un autre pour t'y gaver pendant quelque temps. Alors, pourquoi te mettre encore en tête d'entreprendre une affaire si considérable ?

— Et le mariage, et les enfants, demanda 67
le jeune homme, sont-ils des charges que doive assumer le Cynique comme un devoir capital ?

— Si tu me donnes une cité de sages, dit Épictète, peut-être bien que personne n'adoptera facilement la profession de Cynique. Dans

1. Diogène Laërce, VI, 21 et 87.

68 quel but, en effet, embrasserait-on ce genre de
vie ? Supposons-le pourtant : rien, alors, n'em-
pêchera que le Cynique se marie et qu'il ait
des enfants. Sa femme, en effet, sera un autre
lui-même, ainsi que son beau-père, et ses
enfants seront élevés de la même manière.
69 Mais, dans l'état présent des choses, quand
nous nous trouvons, pour ainsi dire, en pleine
bataille, ne faut-il pas que le Cynique demeure
libre de tout ce qui pourrait le distraire, tout
entier au service de Dieu, en mesure de se
mêler aux hommes, sans être enchaîné par des
devoirs privés, sans être engagé dans des rela-
tions sociales auxquelles il ne pourra se sous-
traire s'il veut sauvegarder son rôle d'honnête
homme et qu'il ne pourra garder sans détruire
en lui le messager, l'éclaireur, le héraut des
70 dieux ? Observe, en effet, qu'il doit remplir
certains devoirs envers son beau-père, qu'il a
des services à rendre aux autres parents de sa
femme, à sa femme elle-même : finalement, le
71 voilà tenu à l'écart de sa profession et réduit
au rôle de garde-malade ou de pourvoyeur.
Pour ne pas parler du reste, il lui faut une mar-
mite où il fera chauffer l'eau pour son fils, afin
de lui donner son bain ; de la laine pour sa

femme, quand elle a eu un enfant, ainsi que de l'huile, un grabat, un gobelet (voilà que le petit mobilier s'augmente) ; et les autres occupations et les distractions... Que me reste-t-il de ce 72
fameux roi qui s'adonne sans réserve aux affaires publiques :

À qui tant d'hommes sont commis, tant de soins réservés[1] *;*

lui qui doit veiller sur les autres, sur ceux qui sont mariés, sur ceux qui ont des enfants, observer qui traite bien sa femme, qui la traite mal, quels sont les gens qui ont entre eux des différends, quelle maison jouit de la paix, 73
laquelle n'en jouit pas ; lui qui doit faire sa tournée comme un médecin et tâter le pouls de tout le monde ? Toi, tu as de la fièvre ; toi, tu as mal à la tête ; toi, tu as la goutte ; toi, à la diète ! Toi, mange ; toi, ne prends pas de bain ; toi, il faut t'opérer ; à toi, il faut un 74
cautère. Quel loisir a-t-il, celui qui est ainsi

1. Homère, *Iliade*, II, 25. De tout ce qui précède et de tout ce qui suit, il résulte que l'obligation de se marier est pour le commun des hommes un προηγούμενον dont le Cynique n'est dispensé que par suite de sa vocation très particulière.

enchaîné à ses devoirs privés ? Ne doit-il pas
procurer des vêtements à ses enfants ? Voyons,
ne doit-il pas les envoyer chez le maître
d'école avec leurs tablettes, leur stylet et, en
outre, avoir prêt un lit pour eux ? Ce n'est pas,
en effet, à peine sortis du sein de leur mère
qu'ils peuvent être des Cyniques ; s'il ne fait
pas tout cela, mieux eût valu les rejeter dès
75 leur naissance que de les laisser ainsi périr.
Vois à quelle condition nous réduisons le
Cynique, comment nous le dépouillons de sa
royauté.

76 — Oui, mais Cratès s'est marié.

— Tu me parles d'une circonstance particulière où l'amour est intervenu et tu me cites une femme qui était un autre Cratès. Mais notre enquête à nous porte sur les mariages ordinaires, où des circonstances particulières n'entrent point en jeu. Or une telle enquête ne nous dévoile pas que, dans les conditions présentes, l'affaire du mariage doive être assumée par le Cynique comme un devoir capital.

77 Comment alors, demande le jeune homme, contribuera-t-il à la conservation de la société ?

Au nom de Dieu : qui rend les plus grands

services aux hommes, ceux qui introduisent
dans le monde, pour les remplacer, deux ou
trois marmots au vilain museau, ou ceux qui
exercent leur surveillance, dans la mesure de
leur force, sur tous les hommes, observant ce
qu'ils font, comment ils passent leur vie, de
quoi ils ont soin, ce qu'ils négligent, contrai- 78
rement à leur devoir ? Et les Thébains ont-ils
retiré plus d'avantages de tous ceux qui leur
ont laissé des enfants que d'Épaminondas, qui
est mort sans postérité ? Et Homère a-t-il
moins contribué au bien de la société que
Priam, qui a engendré cinquante mauvais 79
sujets, ou que Danaos ou Éole ? Mais encore,
un commandement militaire ou la composi-
tion d'un ouvrage empêcheront quelqu'un de
se marier et d'avoir des enfants, et on ne
pensera pas que cet homme ait échangé pour
rien la privation d'enfants ; et la royauté du
Cynique ne sera pas une valeur d'échange ? 80
Est-il donc possible que nous ne sentions
jamais la grandeur du Cynique et que nous
n'arrivions pas non plus à nous faire une idée
juste du caractère de Diogène, mais faut-il que
nous ayons toujours devant les yeux ces gens
de nos jours, ces « parasites en faction devant

les portes[1] », qui n'ont aucune ressemblance avec ces grands hommes d'autrefois, si ce n'est peut-être de lâcher des pétarades, mais rien de
81 plus. Sans quoi, cette attitude du Cynique ne nous surprendrait pas et nous ne nous étonnerions pas qu'il ne contracte point mariage et n'ait pas d'enfants. Homme, c'est toute l'humanité qu'il a engendrée, tous les hommes qu'il a pour fils, toutes les femmes pour filles ; c'est dans ces sentiments qu'il va vers tous, dans
82 ces sentiments qu'il s'occupe de tous. Crois-tu que ce soit par un zèle indiscret qu'il gourmande ceux qu'il rencontre ? C'est comme un père qu'il fait cela, comme un frère et comme serviteur du père commun, Zeus.

83 Si cela te fait plaisir, demande-moi aussi s'il prendra part aux affaires publiques[2]. Nigaud,
84 peux-tu songer à une politique plus noble que celle dont il s'occupe ? À Athènes, montera-t-il à la tribune pour parler de revenus et de

1. Homère, *Iliade*, XXII, 69.

2. Autant que nous pouvons en juger par les anecdotes que nous a conservées Diogène Laërce, les premiers Cyniques se désintéressaient de la politique pour ne se préoccuper que d'une réforme individuelle. Diogène, en tout cas, recommandait la non-participation aux affaires publiques (Diogène Laërce, VI, 29). Épictète légitime cette attitude qui est exigée par la vocation particulière du cynique.

ressources, l'homme qui doit discuter avec
tous les hommes, aussi bien avec les Athéniens
qu'avec les Corinthiens ou les Romains, non
pas des ressources, ni des revenus publics, ni
de la paix ou de la guerre, mais du bonheur et
du malheur, de la bonne et de la mauvaise for-
tune, de la servitude et de la liberté ? Quand 85
un homme prend une part active à une telle
politique, tu me demandes s'il participera aux
affaires publiques ? Demande-moi aussi s'il
occupera une charge, je te répliquerai encore :
« Sot, quelle plus noble charge que celle qu'il
exerce ? »

Cependant, il faut aussi que cet homme pos- 86
sède certaines qualités corporelles, car s'il se
présente avec un aspect de phtisique, maigre et
pâle, son témoignage n'a plus le même poids. 87
Il ne doit pas se contenter, en effet, de mon-
trer ses qualités d'âme pour convaincre les pro-
fanes que l'on peut être honnête et bon sans
tout ce qu'ils admirent, mais encore, par ses
qualités corporelles, prouver que la vie simple,
frugale et en plein air ne détériore pas non plus
le corps : « Vois, de cette vérité aussi je rends 88
témoignage, moi et mon corps. » C'est ce que
faisait Diogène : il allait, en effet, florissant de

89 santé, et rien que son corps attirait l'attention
de la foule. Mais un Cynique qui fait pitié passe
pour un mendiant : tout le monde se détourne,
il choque tout le monde. Il ne doit pas non
plus paraître avec un extérieur sale, de façon,
même en cela, à ne pas rebuter les gens, mais,
jusque dans son austérité, il doit être propre et
attirant.

90 De plus, le Cynique doit posséder un grand
charme naturel et de la finesse (sans quoi, il
n'est qu'un morveux et rien de plus), pour être
91 prêt à faire face dignement à toute éventualité.
Ainsi Diogène répondait à qui lui disait :
« C'est toi le fameux Diogène qui ne croit pas
à l'existence des dieux[1] ? » – « Et comment
92 cela se pourrait-il, puisque je te considère
comme ennemi des dieux ? » De même, quand
Alexandre le surprit encore couché et lui dit :

Il ne doit pas dormir la nuit entière, le donneur de conseils

encore à moitié endormi, il répliqua :

1. Diogène Laërce, VI, 42.

À qui les peuples sont confiés et qui a souci de tant de choses[1].

Mais, par-dessus tout, la partie maîtresse de 93
son âme doit être plus pure que le soleil ; sinon, il ne sera qu'un joueur et un homme sans conscience si, retenu lui-même par quelque
vice, il ne craint pas de réprimander les autres. 94
Vois bien, en effet, ce qu'il en est : aux rois de ce monde et aux tyrans, les gardes du corps et les armes fournissent le moyen de morigéner certaines gens et le pouvoir aussi de châtier les délinquants, tout pervers qu'ils puissent être eux-mêmes ; au Cynique, ce ne sont pas les armes ni les gardes du corps, mais sa conscience
qui donne ce pouvoir. Quand il voit qu'il a 95
veillé sur les hommes et travaillé pour eux, qu'il s'est endormi le cœur pur et que le sommeil l'a laissé avec le cœur plus pur encore, quand il voit que toutes ses pensées sont les pensées d'un ami et d'un serviteur des dieux, d'un associé du gouvernement de Zeus, qu'en tout lieu il est prêt à réciter ce vers :

1. Homère, *Iliade*, II, 24-25.

Conduis-moi, ô Zeus, et toi, ô Destinée[1]

et encore : « Si cela plaît aux dieux, qu'il en
96 soit ainsi[2] », pourquoi n'aurait-il pas le courage de parler en toute liberté[3] à ses propres frères,
97 à ses enfants, en un mot à tous ceux de sa race ? Aussi n'est-il ni un indiscret ni un brouillon, l'homme qui se trouve dans une telle disposition d'âme. Car ce ne sont pas les affaires des autres dont il se mêle quand il inspecte les choses humaines, mais les siennes propres ; sinon, appelle aussi le général un brouillon
98 quand il inspecte les soldats, les passe en revue, les surveille et châtie ceux qui troublent la discipline. Mais si, cachant un petit gâteau sous ton bras, tu gourmandes les autres, je te dirai :
99 « Veux-tu bien plutôt t'en aller dans un coin dévorer ce que tu as volé ? Qu'y a-t-il de com-

1. Vers de Cléanthe (Arnim SVF, I, p. 118, fr. 527).
2. Platon, *Criton*, 43 d.
3. La παρρησία des Cyniques est bien connue. Diogène de Sinope est le meilleur exemple de ce franc-parler. Il parcourait les rues et les places en invectivant tous les passants. C'est un héritage socratique sans doute, mais les Cyniques ont exagéré la manière de Socrate. Il y a chez eux une insolence, une ἀναίδεια qui est tout à fait étrangère à Socrate. Aussi Épictète trace-t-il du Cynique un portrait idéalisé. Les traits qu'il a retenus sont ceux qui conviennent au sage stoïcien.

mun entre toi et les affaires des autres ? Qui es-tu, en effet ? Es-tu le taureau ou la reine des abeilles ? Montre-moi les insignes de ton autorité, comme ceux que la reine tient, elle, de la nature. Mais si tu es un frelon qui revendiques la royauté des abeilles, ne penses-tu pas que tes concitoyens te chasseront, toi aussi, comme les abeilles chassent les frelons ? »

La capacité d'endurance du Cynique doit 100
être telle qu'il passe aux yeux du vulgaire pour
insensible, pour une véritable pierre. Personne
ne peut l'injurier, lui, le frapper, l'outrager.
Quant à son corps, il l'a livré lui-même à qui
le désire, pour le traiter comme il lui semble
bon[1]. Car il se souvient que ce qui est plus 101
faible est nécessairement vaincu par ce qui est
plus fort, sur le terrain où se trahit la faiblesse.
Or son corps est plus faible que la multitude,
et ce qui est moins robuste, plus faible que les 102
êtres plus vigoureux. Par conséquent, il ne des-

1. Ceci est un trait authentiquement cynique. Antisthène démontrait que la souffrance est un bien par l'exemple d'Héraclès et de Cyrus (Diogène Laërce, VI, 2), conseillait de recevoir les calomnies avec plus de calme que les cailloux (D. L., VI, 7). Diogène, en particulier, cherchait à se rendre insensible à la douleur, au froid, à la chaleur, aux coups, à la faim, aux insultes (D. L., VI, 23 ; 34).

cend jamais dans l'arène là où il peut être vaincu, mais il renonce aussitôt à ce qui ne lui
103 appartient pas, il ne revendique pas comme sien ce qui est sujet à la servitude. Mais qu'il s'agisse de la personne morale et de l'usage des représentations, tu verras alors combien d'yeux
104 il possède, de sorte, pourrait-on dire, qu'Argus était aveugle en comparaison. Y aurait-il chez lui un assentiment précipité, une propension inconsidérée, un désir insatisfait, une aversion incapable d'éviter son objet, un dessein sans
105 résultat, du dénigrement, de la bassesse d'âme ou de l'envie ? Voilà sur quoi il concentre son attention et son énergie, mais pour tout le reste, il dort tout de son long : c'est la paix la plus parfaite. Point de voleur qui attente à sa
106 personne morale, point de tyran. Mais pour son corps ? Oui. Et pour sa misérable fortune ? Oui, et de ses charges et de ses dignités. Mais que lui fait tout cela ? Lorsque quelqu'un veut l'effrayer par ces moyens, il lui dit : « Va-t'en chercher les enfants : eux, les masques les effraient ; pour moi, je sais bien qu'ils sont en terre cuite et qu'il n'y a rien à l'intérieur. »

107 Telle est l'importance de l'affaire à laquelle tu songes. Si donc tu le veux bien, au nom de

Dieu, diffère ta décision et pense d'abord à te 108
préparer. Vois, en effet, comment Hector aussi parle à Andromaque : « Rentre plutôt à la maison, lui dit-il, et tisse :

La guerre, c'est aux hommes qu'elle incombera,
À tous, et spécialement à moi[1]. »

C'est ainsi qu'il avait le sentiment de sa pré- 109
paration personnelle et de la fragilité de sa femme.

1. Homère. *Iliade*, VI, 492 sq.

De la liberté

Est libre celui qui vit à sa guise, celui qu'on 1
ne peut ni contraindre, ni empêcher, ni violenter, celui dont les propensions ne sont point entravées, dont les désirs se réalisent, dont les aversions ne subissent point d'échec. Qui donc 2
veut vivre dans l'erreur ?

— Personne.

— Qui veut être dupe dans sa vie, céder à l'entraînement, à l'injustice, à l'intempérance, à la morosité, à la bassesse d'âme ?

— Personne. 3

— Donc aucun méchant ne vit à sa guise, 4
et par conséquent il n'est pas libre non plus. Et qui veut vivre dans le chagrin, dans la crainte, ressentir l'envie, la pitié, éprouver des désirs sans pouvoir les satisfaire, des aversions sans pouvoir éviter ce qui en fait l'objet ?

— Absolument personne.

5 — Trouvons-nous donc quelque méchant
sans chagrin, sans crainte, sans aversions
contrariées, sans désirs insatisfaits ?

— Aucun.

— Donc, aucun non plus qui soit libre.

6 Cela, si un homme qui a été deux fois consul
vient à l'entendre, pourvu que tu ajoutes :
« Mais toi, du moins, tu es un sage, cela ne te
7 concerne en rien », il te pardonnera. Si, au
contraire, tu lui dis la vérité, c'est-à-dire : « Pour
ce qui est d'être esclave, toi aussi tu ne diffères
en rien de ceux qui ont été vendus trois fois »,
à quoi dois tu t'attendre, sinon à des coups ?

8 — Comment donc, dit-il, moi, je suis
esclave ? Mon père était libre, ma mère était
libre, personne n'a passé de contrat de vente à
mon sujet. Mais, de plus, je suis sénateur, et
ami de César, et j'ai été consul, et j'ai beau-
coup d'esclaves.

9 — Tout d'abord, très digne sénateur, ton
père était peut-être esclave au même titre que
10 toi, ainsi que ta mère et ton grand-père et
toute la série de tes ancêtres ; si absolument
libres qu'ils pussent être, que t'importe ? Eh
quoi ! s'ils étaient nobles, eux, et si toi tu es

vil ? s'ils étaient courageux, et si tu es lâche ? s'ils étaient maîtres d'eux-mêmes, et si tu ne te possèdes pas ?

— Et, réplique-t-il, quel rapport cela a-t-il 11
avec le fait d'être esclave ?

— Crois-tu que le fait d'agir contre son gré, sous la contrainte, en gémissant, n'a aucun rapport avec le fait d'être esclave ?

— Soit, répond-il. Mais qui peut me 12
contraindre, en dehors du maître universel, César ?

— Ainsi tu viens de te reconnaître un 13
maître, toi aussi. Et qu'il soit, comme tu le prétends, le maître commun de tous, ne doit pas
être pour toi une consolation, mais avoue que 14
tu es esclave dans une grande maison. C'est aussi de la sorte que les gens de Nicopolis ont coutume de crier : « Oui, par la fortune de César, nous sommes libres. »

— Toutefois, si cela te plaît, laissons César 15
pour l'instant ! Mais réponds-moi à cette question : n'as-tu jamais éprouvé de passion pour quelqu'un, fillette ou garçonnet, esclave ou libre ?

— Quel rapport cela a-t-il avec le fait d'être 16
esclave ou d'être libre ?

17 — N'as-tu jamais reçu de ta maîtresse l'ordre
de faire des choses que tu ne voulais pas ? N'as-
tu jamais flatté ta petite esclave ? Ne lui as-tu
jamais baisé les pieds ? Pourtant, si l'on te force
à baiser ceux de César, tu regardes cela comme
18 une insolence et le comble de la tyrannie. L'es-
clavage est-il donc autre chose ? La nuit, n'es-
tu jamais allé où tu ne voulais pas ? Que de
dépenses n'as-tu pas faites contre ton gré ? Ne
t'es-tu point répandu en gémissements et en
lamentations, n'as-tu pas supporté d'être injurié
19 et laissé à la porte ? Si, toutefois, tu as honte de
l'avouer pour ton propre compte, vois ce que
dit et fait Thrasonidès, lui dont les campagnes
sont si nombreuses, campagnes plus nombreuses
peut-être même que les tiennes. D'abord, le
voici sorti de nuit à une heure où Géta ne l'ose
pas. Or, s'il y avait été contraint par son maître,
c'est avec bien des récriminations et en déplo-
20 rant son amer esclavage qu'il serait sorti. Et
alors, que dit Thrasonidès ?

Une fillette

proclame-t-il,

m'a subjugué, une fillette de vil prix
moi que nul ennemi n'a jamais pu soumettre[1].

Malheureux ! être l'esclave d'une fillette et 21
d'une fillette de vil prix ! Pourquoi donc te
proclamer encore libre ? Pourquoi publier tes 22
campagnes ? Le voilà qui réclame une épée et qui se fâche contre celui qui, par bonté d'âme, la lui refuse, le voilà qui envoie des cadeaux à celle qui le déteste, le voilà qui supplie et qui
pleure, et en revanche, après un petit succès, 23
le voilà dans le ravissement. Et même alors pourtant, comment n'avoir ni désir ni crainte ? Était-il libre ainsi ?

Vois, quand il s'agit des animaux, comment 24
nous appliquons notre idée de liberté. On
élève en cage des lions apprivoisés, on les 25
nourrit, et il y a des gens qui les emmènent avec eux. Qui dira que ce lion est libre ? N'est-il pas vrai qu'il est d'autant plus esclave que sa vie est plus douce ? Et quel lion, s'il venait à

1. Ces deux vers appartiennent à la comédie de Ménandre intitulée Μισούμενος. Clément d'Alexandrie cite le premier vers dans une dissertation consacrée à l'acte volontaire (*Strom*, 15, 64). L'esclavage causé par la passion amoureuse est un thème très exploité par les diatribistes. Les comédies de Plaute contiennent plusieurs couplets contre l'amour.

26 acquérir le sentiment et la raison, voudrait être
un de ceux-là ? Voyons, et ces oiseaux (que tu
vois là-bas), quand on les capture et qu'on les
élève en cage, que ne souffrent-ils pas en fai-
27 sant effort pour s'enfuir ? Certains même se
laissent mourir de faim plutôt que d'endurer
une telle existence. Quant à ceux que l'on
conserve, c'est avec peine et difficilement, et
ils dépérissent ; et si jamais ils viennent à trou-
ver quelque ouverture, ils s'échappent. Telle
est, chez eux, l'aspiration vers leur liberté
native, leur désir d'être indépendants et sans
contrainte.

28 Et quel mal éprouves-tu dans cette cage ?

« Quelle question ! Je suis né pour voler où je veux, pour vivre au grand air, pour chanter quand je veux. Toi, tu me ravis tout cela et tu demandes : quel mal éprouves-tu ? »

29 Voilà pourquoi nous appellerons libres les
seuls animaux qui ne supportent pas la captivité,
30 mais qui, à peine captifs, s'échappent par la
mort. C'est dans ce sens également que Dio-
gène affirme quelque part : le seul moyen d'as-
surer la liberté, c'est d'être prêt à mourir, et il
écrit au roi des Perses : « Tu ne peux pas réduire
en servitude la ville d'Athènes, pas davantage,

ajoute-t-il, que les poissons. » « Comment ? Je 31
n'arriverais pas à prendre ces gens-là ? » « Si tu
les prends, réplique-t-il, les Athéniens auront
vite fait de te quitter et de t'échapper comme
les poissons[1]. » Car, aussitôt que tu as pris un de
ces derniers, il meurt. Et si, une fois pris, les
Athéniens viennent à mourir, quel profit
retires-tu de ton appareil guerrier ? Voilà le lan- 32
gage d'un homme libre qui a sérieusement exa-
miné la question et vraisemblablement trouvé la
réponse. Mais si tu la cherches où elle n'est pas,
quoi d'étonnant que tu ne la trouves jamais ?

C'est le vœu de l'esclave d'être vite libéré. 33
Pourquoi ? Pensez-vous que c'est par désir
de donner de l'argent aux percepteurs du
vingtième[2] ? Non, mais c'est qu'il s'imagine
que jusqu'à maintenant, faute d'avoir obtenu 34
sa liberté, il vivait entravé et misérable : « Si je
suis libéré, dit-il, aussitôt tout est bonheur, je
n'ai plus à faire attention à personne, je parle
à tous comme leur égal et leur semblable, je
voyage où je veux, je viens d'où je veux et vais

1. Épictète semble avoir utilisé une collection de lettres attribuées à Diogène, plus importante que celle qui est parvenue jusqu'à nous.

2. Le vingtième était la taxe perçue lors d'un affranchissement.

35 où je veux. » Le voilà affranchi ; bien vite, ne
sachant où aller manger, il cherche qui il
pourra bien flatter, chez qui il pourra dîner. Et
puis, ou il travaille de son corps et endure les
travaux les plus pénibles, et s'il vient à trouver
36 quelque râtelier, le voilà tombé dans un escla-
vage bien plus dur que le premier ou, si même
il a fait fortune, le voilà, le goujat, épris
37 d'une jouvencelle ; alors il est malheureux, se
lamente et soupire après l'esclavage : « Quel
mal éprouvais-je ? Un autre me fournissait mes
vêtements et mes chaussures, un autre me
nourrissait, me soignait dans mes maladies ;
mon service envers lui était peu de chose. Mais
38 à présent, malheureux, que n'ai-je pas à souf-
frir, moi qui sers plusieurs maîtres au lieu d'un
seul ! Et pourtant, ajoute-t-il, si je puis obtenir
des anneaux, alors, sans aucun doute, je vivrai
le plus agréablement et le plus heureusement
du monde. » Et tout d'abord, pour les obtenir,
il endure les maux qu'il mérite ; puis, quand il
39 les a obtenus, c'est à recommencer. Il ne tarde
pas à dire : « Si je puis faire une campagne, me
voilà délivré de toutes mes misères. » Il fait cette
campagne, il endure tout ce qu'endure un gibier
40 de fouet, et il n'en réclame pas moins une

seconde campagne et une troisième. Puis, quand il est parvenu au terme même de son ambition et qu'il est devenu sénateur, alors, dès qu'il entre au sénat, le voilà esclave, alors le voilà soumis à la plus belle et à la plus collante des servitudes.

Qu'il ne persiste pas dans sa folie, mais qu'il 41
apprenne, comme aimait à le dire Socrate, la nature propre de chaque chose [1], et qu'il n'applique pas au hasard ses prénotions aux cas particuliers. Car telle est pour les hommes la cause 42
de tous leurs maux : ne pas pouvoir appliquer 43
les prénotions communes aux cas particuliers [2]. Mais nous nous imaginons chacun des choses différentes. Celui-ci s'imagine qu'il est malade. Nullement, mais c'est qu'il applique mal ses prénotions. Celui-là s'imagine qu'il est pauvre, cet autre qu'il a un père ou une mère aca-

1. Xénophon, *Mémorables,* IV, 6, 1.

2. Les prénotions se constituent naturellement, sans élaboration technique, et sont communes à tous les hommes. Elles atteignent leur plein développement lors de la septième année pour certains philosophes, lors de la quatorzième année selon d'autres. Tous les hommes possèdent donc les notions requises pour devenir sages. Il suffit d'actualiser cette sagesse latente, d'*appliquer* ces prénotions, « car si, outre ces principes, on possédait encore cet art de les appliquer, qu'est-ce qui nous empêcherait d'être parfaits ? » (*Entretiens,* II, 11, 9). Épictète a consacré tout le chapitre XVII du livre II à l'art d'adapter les prénotions aux cas particuliers, à les appliquer concrètement dans la conduite morale.

riâtres, cet autre encore que César ne lui est
point favorable. Or tout cela provient d'une
44 seule et unique cause : on ne sait pas appliquer
ses prénotions. Voyons, qui n'a pas une pré-
notion du mal, de sa nocivité, du devoir de le
fuir, d'employer tous les moyens pour l'écar-
ter ? Une prénotion n'est point en conflit avec
45 une autre, mais il n'y a conflit que lorsqu'on
en vient à l'application. Quel est donc ce
mal qui est nuisible et qu'il faut fuir ? Notre
homme prétend que c'est de ne point être
l'ami de César : il est parti dans une mauvaise
voie, il s'est écarté de la véritable application,
il est à la gêne, il va chercher ce qui n'a aucun
rapport avec le cas présent. Qu'il vienne, en
effet, à obtenir l'amitié de César, il n'en aura
46 pas moins échoué dans sa recherche. Qu'est-
ce, en effet, que cherche tout homme ? À vivre
dans la paix, à être heureux, à faire tout ce qu'il
veut, à n'être pas entravé ni contraint. Or,
quand il est devenu l'ami de César, a-t-il cessé
d'être entravé ou contraint, vit-il dans la paix,
dans la félicité ? À qui le demander ? Quel
47 témoin plus digne de foi pourrions-nous avoir
que celui-là même qui est devenu l'ami de
César ? Avance et dis-nous quand ton sommeil

a été plus paisible, maintenant, ou avant de devenir l'ami de César ? Et tu l'entends aussitôt te répondre : « Cesse, je t'en conjure par tous les dieux, de railler mon sort : tu ne sais pas ce que je souffre, malheureux que je suis ! Le sommeil ne m'approche même pas, mais c'est un autre qui survient pour me dire : César est déjà éveillé, le voilà déjà qui s'avance ! Et ce sont ensuite les tracas, les soucis. »

— Voyons, quand dînais-tu avec plus de 48
plaisir, maintenant ou auparavant ?

— Écoute encore ce qu'il va te dire à ce sujet. Il te dira que, s'il n'est pas invité, il en est affligé ; s'il est invité, il a, durant le dîner, l'attitude de l'esclave vis-à-vis de son maître, tout le temps attentif à ne dire ou commettre aucune sottise. Et que penses-tu qu'il redoute ? D'être fouetté comme un esclave ? Comment pourrait-il espérer si beau traitement ? Mais, comme il convient à un homme de cette qualité, à un ami de César, ce qu'il redoute, c'est de perdre sa tête.

— Et quand allais-tu te baigner avec plus 49
de tranquillité ? Quand prenais-tu de l'exer-
cice avec plus de loisir ? En un mot, quelle
existence préférais-tu mener, celle d'aujour- 50

d'hui, ou celle de jadis ? Je puis te jurer que personne n'est assez stupide ou assez dissimulé pour ne pas se lamenter sur ses propres infortunes, et cela d'autant plus qu'il est plus ami de César.

51 — Dès lors que ceux qu'on nomme rois ne vivent point à leur guise, ni les amis des rois, que peut-il encore rester en fait d'hommes libres ?

— Cherche et tu trouveras. Car la nature t'a bien muni pour découvrir la vérité. Mais si toi-même tu n'es pas capable, en te servant de tes seules ressources, de trouver ce qui suit, écoute-le de ceux qui ont fait cette
52 recherche. Que disent-ils ? La liberté te paraît-elle être un bien ?

— Le plus grand bien.

— Peut-il donc, celui qui obtient le plus grand bien, être malheureux ou dans l'infortune ?

— Non.

— Tous ceux donc que tu peux voir malheureux, misérables, affligés, déclare hardiment qu'ils ne sont pas libres.

— Je le déclare.

53 — Ainsi voilà que nous nous sommes déjà éloignés des achats et des ventes et de toute

disposition du même genre concernant l'acquisition de la propriété. Car, si tu as eu raison d'accepter cela, que ce soit le grand roi qui sera malheureux, ou un roitelet, ou un personnage consulaire, ou un homme qui a été deux fois consul, il ne saurait être libre.

— Soit.

— Réponds-moi donc encore sur ce point : 54
la liberté est-elle, d'après toi, une chose grande et noble, une chose estimable ?

— Comment donc ne le serait-elle pas ?

— Est-il dès lors possible pour un homme qui possède une chose si grande, si estimable et si noble, d'avoir une âme basse ?

— Ce n'est pas possible.

— Eh bien ! quand tu vois un homme faire 55
des courbettes devant un autre, ou lui dire des flatteries que contredit sa pensée intime, confesse hardiment que cet homme aussi n'est pas libre, et pas seulement s'il le fait pour un pauvre petit souper, mais même si c'est pour une préfecture ou un consulat. Toutefois, appelle petits esclaves ceux qui agissent ainsi pour des bagatelles, et les autres, du nom qu'ils méritent, grands esclaves.

— D'accord également sur ces points.

56 — La liberté te paraît-elle comporter l'in-
dépendance et l'autonomie ?
— Comment n'en serait-il pas ainsi ?
— Par conséquent, celui qu'un autre peut
empêcher ou forcer d'agir, affirme hardiment
57 que celui-là n'est pas libre. Et ne regarde pas, je
t'en prie, à ses grands-parents ou à ses ancêtres,
ne va pas chercher s'il y a eu achat et vente,
mais si tu l'entends dire du fond de l'âme et avec
émotion : « Seigneur », alors même que douze
faisceaux le précéderaient, appelle-le esclave, et
si tu l'entends s'écrier : « Malheureux que je
suis ! que de souffrances ! », appelle-le esclave.
En un mot, si tu le vois gémir, se plaindre, vivre
58 malheureux, appelle-le un esclave revêtu de la
robe prétexte. Si pourtant il ne fait rien de tout
cela, ne le déclare pas encore un homme libre,
mais apprends à connaître ses jugements, vois
s'ils n'expriment pas en quelque manière la
contrainte, la gêne, la misère. Et si tu le trouves
ainsi disposé, appelle-le un esclave en congé au
temps des Saturnales[1]. Dis que son maître est en

1. Les Saturnales étaient célébrées du 17 au 23 décembre. Pendant toute leur durée, les esclaves étaient traités par leurs maîtres sur un pied d'égalité parfaite, se faisaient parfois servir par eux et pouvaient leur parler en toute franchise.

voyage ; il reviendra ensuite, et tu verras ce que
souffre cet homme.

— Qui reviendra ?

— Quiconque, maître des choses qu'un 59
homme désire personnellement, peut ou les
procurer ou les enlever.

— C'est donc ainsi que nous avons tant de
maîtres ?

— Oui, c'est ainsi. Car, avant ceux-là, nous
avons les événements pour maîtres ; or ils sont
nombreux. C'est pourquoi nous avons aussi
nécessairement pour maîtres les gens qui ont
sur l'un de ces événements quelque influence.
Car, en vérité, nul ne redoute la personne 60
même de César, mais la mort, l'exil, la confis-
cation des biens, la prison, la privation de ses
droits. Ce n'est pas non plus César que l'on
aime, à moins qu'il ne soit grandement digne
d'estime, mais c'est la richesse que nous ai-
mons, le tribunal, la préture, le consulat. Dès
lors que nous aimons, haïssons, redoutons ces
différentes choses, il est fatal que ceux qui ont
pouvoir sur elles soient nos maîtres. De là vient 61
encore que nous les adorons comme des dieux,
car nous estimons que ce qui a le pouvoir de
conférer les plus grands avantages est divin. Et

alors, nous posons, à tort, cette mineure : or cet homme a le pouvoir de conférer les plus grands avantages. Forcément, la conclusion doit être fausse[1].

62 Qu'est-ce donc qui rend l'homme affranchi de toute entrave et maître de lui-même ? Ce n'est pas la richesse, ni le consulat, ni une préfecture, ni la royauté : il faut trouver
63 autre chose. Qu'est-ce donc qui fait que, lorsqu'on écrit, on ne subit ni entraves ni obstacles ?

— La science de l'écriture.

— Et quand on joue de la cithare ?

— La science de la cithare.

64 — Par conséquent aussi, quand il s'agit de vivre, c'est la science de la vie. Tu as appris cela comme un principe général, mais considère-le aussi dans ses applications particulières.

1. Nous saisissons ici un des traits fondamentaux de la morale d'Épictète qui, comme toute la morale stoïcienne d'ailleurs, se caractérise beaucoup plus par une exaltation du jugement que par une exagération de la volonté. Pour Épictète, en effet, la tendance, le désir et l'aversion sont sous la dépendance du jugement, si bien que pour vivre conformément à la nature, il faut juger conformément à la nature, le jugement entraînant fatalement la tendance, le désir et l'aversion. La science de la vie consiste précisément dans cette purification du jugement, dans la détermination exacte de ce qui dépend de nous et de ce qui n'en dépend pas.

Un homme qui désire quelqu'une des choses qui sont au pouvoir des autres, est-il possible qu'il soit sans entrave ?

— Non.

— Est-il possible qu'il ne connaisse pas d'obstacles ?

— Non.

— Donc il ne peut être libre non plus. Or, 65
considère ceci : n'avons-nous rien qui dépende exclusivement de nous ? Ou bien tout en dépend-il ? Ou certaines choses dépendent-elles de nous, tandis que certaines dépendent des autres ?

— Que veux-tu dire ? 66

— Quand tu désires que ton corps conserve son intégrité, cela dépend-il de toi, oui ou non ?

— Non, cela ne dépend pas de moi.

— Et quand tu désires qu'il soit bien portant ?

— Cela non plus.

— Et qu'il possède la beauté ?

— Cela non plus.

— Et quand il s'agit de vivre ou de mourir ?

— Non plus.

— Par conséquent, ton corps dépend d'autrui et dépend de quiconque est plus fort que toi.

— Soit.

67 — Et ton champ, est-il en ton pouvoir de le posséder quand tu veux, aussi longtemps que tu veux et tel que tu le veux ?

— Non.

— Et tes esclaves ?

— Non.

— Et tes habits ?

— Non.

— Et ta petite maison ?

— Non.

— Et tes chevaux ?

— Rien de tout cela.

— Et si tu désires que tes enfants vivent toujours, ainsi que ta femme, ton frère, tes amis, est-ce en ton pouvoir ?

— Cela non plus.

68 — N'as-tu donc rien dont tu sois le maître, qui soit sous ton unique dépendance, ou as-tu quelque chose de ce genre ?

— Je ne sais pas.

69 — Eh bien ! considère la question comme

suit, et examine-la. Y a-t-il quelqu'un qui puisse te faire donner ton assentiment à l'erreur ?

— Personne.

— Par conséquent, en matière d'assentiment, tu ne peux subir ni entrave ni empêchement.

— Soit.

— Voyons, te porter à ce que tu ne veux 70
pas, quelqu'un peut-il t'y contraindre ?

— Il le peut. Car, lorsqu'il me menace de mort ou des chaînes, il me contraint à m'y porter.

— Si pourtant tu méprises la mort ou les chaînes, te soucies-tu encore de lui ?

— Non.

— Or, est-ce ton affaire à toi de mépriser 71
la mort, oui ou non ?

— C'est mon affaire.

— C'est donc ton affaire aussi de te porter vers un objet, ou ne l'est-ce pas ?

— Soit, c'est mon affaire.

— Et de te détourner d'un objet ? Cela également, c'est la tienne.

— Mais quoi ! Si, quand je veux aller me 72
promener, cet individu m'en empêche ?

— Que peut-il empêcher en toi ? Serait-ce par hasard ton assentiment[1] ?

— Non, mais mon pauvre corps.

— Oui, comme une pierre.

— Soit, mais je renonce, moi, à me promener.

73 — Et qui t'a dit : « C'est ton affaire à toi d'aller te promener sans subir d'empêchement » ? Pour moi, j'ai dit que la seule chose qui ne subit pas d'empêchement, c'est la propension ; mais là où l'on a besoin du corps, de sa coopération, tu as appris depuis longtemps que rien de tout cela ne te concerne personnellement.

— Soit encore pour ce point.

74 — Et s'il s'agit de désirer ce que tu ne veux pas, quelqu'un peut-il te contraindre ?

— Personne.

— Et de projeter ou de combiner un plan, ou, généralement, d'user des représentations qui surviennent ?

75 — Pas davantage ; mais quand je conçois

1. La *syncatathesis*, l'*assensio* est entièrement volontaire, comme le soutenait déjà Zénon. C'est ce qui permet l'erreur, car on peut donner son assentiment à une représentation fausse ou douteuse. Aussi le sage doit-il le refuser en pareil cas et ne l'accorder qu'aux représentations distinctes.

quelque désir, il parviendra à m'empêcher de le réaliser.

— Si ton désir porte sur ce qui est à toi, sur ce que rien ne peut empêcher, comment parviendra-t-il à t'empêcher ?

— En aucune façon.

— Qui donc te dit que l'homme dont les désirs portent sur des choses qui lui sont étrangères ne peut rencontrer d'empêchement ?

— Mais la santé, ne pourrai-je la désirer ? 76

— Nullement, ni davantage toute autre chose qui t'est étrangère. Car, ce qu'il n'est pas en
ton pouvoir de te procurer ou de conserver à ta 77
guise, cela t'est étranger. Tiens-en loin, non seulement tes mains, mais, par-dessus tout, ton désir ! Sinon, tu t'es livré toi-même à l'esclavage, tu as courbé ton cou sous le joug, si tu te laisses fasciner par ce qui n'est pas à toi, si tu t'attaches à ce qui dépend d'un autre et qui est périssable.

— Ma main n'est-elle pas à moi ? 78

— C'est une partie de ta personne, mais,
par nature, c'est de la boue, elle peut être 79
empêchée ou contrainte, elle est esclave de tout ce qui est plus fort. Et que fais-je de parler de la main ? C'est le corps tout entier que tu dois ainsi tenir pour un ânon que tu charges,

aussi longtemps qu'il en est capable, aussi longtemps que c'est permis. Mais que survienne une réquisition et qu'un soldat l'appréhende, laisse-le aller, ne résiste pas, ne murmure pas.
80 Sinon, tu recevras des coups et n'en perdras pas moins l'ânon lui-même. Et puisque telle doit être ton attitude à l'égard du corps, vois ce qu'il te reste à faire à l'égard des autres choses, de tout ce que l'on se procure en vue du corps. Puisque celui-ci n'est qu'un ânon, tout le reste devient petites brides de l'ânon, petits harnais, petits sabots, orge et fourrage. Laisse aller aussi tout cela, sache t'en libérer plus vite et plus sereinement que de l'ânon.

81 Et ainsi préparé et exercé à distinguer les choses qui te sont étrangères de celles qui te sont personnelles, celles qui sont susceptibles d'entraves de celles qui en sont affranchies, à regarder les secondes comme te concernant, les premières comme n'ayant aucun rapport avec toi, à réserver soigneusement pour celles-là tes désirs et pour celles-ci tes aversions [1], pourrais-tu encore craindre quelqu'un ?

1. Nous retrouvons ici trois des quatre passions principales admises par Zénon et tous les Stoïciens : la crainte, la tristesse et le désir.

— Personne.

— De fait, sur quoi porteront tes craintes? 82
Sur ce qui t'appartient en propre : n'est-ce point là que réside pour toi la nature du bien et du mal? Et qui a pouvoir sur ces objets? Qui peut te les enlever, qui peut leur faire obs- 83
tacle? Pas davantage que de faire obstacle à Dieu. Mais craindrais-tu pour ton corps et ta fortune? Pour ce qui t'est étranger? Pour ce qui n'a aucun rapport avec toi? Et à quoi d'autre t'es-tu exercé depuis le début, sinon à distinguer ce qui est tien et ce qui ne l'est pas, ce qui dépend de toi et ce qui n'en dépend pas, ce qui est susceptible d'entraves et ce qui en est affranchi? Et pourquoi as-tu fréquenté les philosophes? Pour n'être ni moins infor- 84
tuné ni moins misérable? Tu ne seras donc ainsi affranchi ni de crainte, ni de trouble. Mais la tristesse, quel rapport a-t-elle avec toi? Car c'est ce dont l'attente engendre la crainte qui produit la tristesse par sa présence. Et que désireras-tu désormais? Des objets qui dépendent de ta personne morale, parce qu'ils sont tiens et présents, tu as, en effet, un désir mesuré et bien réglé; de ceux qui n'en dépendent pas, tu n'as aucun désir qui puisse faire une place en

toi à cet élément opposé à la raison, à cet élément violent et impétueux au-delà de toute mesure.

85 Quand donc sont telles tes dispositions vis-à-vis des choses, quel homme peut encore inspirer de la crainte ? Que peut, en effet, avoir de redoutable un homme pour un autre homme, soit dans son aspect, soit dans son langage, soit, en un mot, dans ses relations ? Il ne l'est pas plus qu'un cheval ne l'est pour un autre cheval, ou un chien pour un autre chien, ou une abeille pour une autre abeille. Ce sont les choses qui inspirent à chacun de la crainte. Et ces choses, quand un homme peut les procurer à un autre ou les lui enlever, c'est alors que lui aussi se fait craindre.

86 Comment donc une citadelle est-elle détruite ? Non par le fer ou le feu, mais par des jugements. Car, si nous renversons la citadelle qui est dans la cité, est-ce que nous renversons aussi la citadelle de la fièvre, la citadelle des jolies petites femmes, en un mot la citadelle qui est en nous, et avons-nous chassé les tyrans qui sont en nous, ces tyrans que nous trouvons en nous chaque jour, régnant sur chacun de nous, tantôt les mêmes, tantôt dif-

férents ? Mais voici par où nous devons com- 87
mencer, voici comment nous devons renver-
ser la citadelle, chasser les tyrans : abandonnons
ce misérable corps, ses membres, ses facultés,
la fortune, la réputation, les charges, honneurs,
enfants, frères, amis ; tout cela, regardons-le 88
comme nous étant étranger. Et si les tyrans
sont chassés de ces retranchements, qu'est-il
encore besoin de raser la citadelle, du moins
pour ce qui me concerne ? Car, si elle reste
debout, qu'est-ce que cela me fait ? Qu'ai-je
encore besoin de chasser les gardes du corps ?
Où m'aperçois-je de leur présence ? C'est pour
d'autres qu'ils réservent leurs verges, leurs ja-
velots et leurs épées. Quant à moi, je n'ai 89
jamais été entravé dans l'exercice de ma vo-
lonté, ni contraint contre ma volonté. Et com-
ment serait-ce possible ? J'ai soumis à Dieu la
propension de ma volonté. Veut-il que j'aie la
fièvre ? Je le veux, moi aussi. Veut-il que mes
propensions se portent vers tel objet ? Moi
aussi, je le veux. Veut-il que j'aie tel désir ?
Moi aussi, je le veux. Veut-il que j'obtienne
telle chose ? Moi aussi, je le désire. Il ne le
veut pas ? Je ne le désire pas. Alors, c'est ma 90
volonté de mourir, c'est ma volonté d'être

torturé[1]. Qui peut encore me faire obstacle et contrarier mon propre sentiment, ou me contraindre ? Aussi impossible que de contraindre Zeus.

91 C'est de cette façon également qu'agissent les voyageurs les plus précautionneux. On a entendu dire que la route est infestée de brigands. Seul, on n'ose s'aventurer, mais on attend la compagnie d'un ambassadeur, ou d'un questeur, ou d'un proconsul, et quand on s'est atta-
92 ché à eux, on fait la route en sécurité. Voilà aussi comment, dans le monde, agit l'homme pru-
93 dent : « Il y a bien des troupes de brigands, tyrans, tempêtes, difficultés, pertes de ce qu'on a de plus cher. Où se réfugier ? Comment passer sans être
94 détroussé ? Quelle compagnie attendre pour faire le trajet en sécurité ? À qui s'attacher ? À un tel, à cet homme riche, ou à ce proconsul. Qu'y gagnerai-je ? Lui-même est dépouillé, il gémit, il se plaint. Mais quoi ! si mon compagnon de
95 route lui-même se retourne contre moi et devient mon voleur ? Que ferai-je ? Je serai l'ami de César : si je suis son intime, personne ne me

1. Pour tous les Stoïciens, la sagesse consiste à adhérer amoureusement et spontanément à l'ordre des choses qui est l'expression de la raison et du vouloir divins.

fera de tort. Tout d'abord, pour le devenir, que
ne me faut-il supporter et souffrir ! Combien
de fois et par combien de gens dois-je être 96
détroussé ! De plus, admettant que je le de-
vienne, lui aussi est mortel. Et si, par suite de
quelque circonstance, il devient mon ennemi ?
Sera-t-il préférable de me retirer finalement dans
un désert ? Voyons, là, est-ce que la fièvre ne 97
pénètre point ? Que faire alors ? N'y a-t-il pas
moyen de trouver un compagnon de route sûr,
fidèle, fort, incapable de dresser des embûches ? » 98
Ainsi réfléchit l'homme prudent, et il en vient à
comprendre que, s'il s'attache à Dieu, il accom-
plira son trajet en sécurité.

— Comment comprends-tu : « s'attacher à 99
Dieu » ?

— De telle sorte que tout ce que Dieu
veut, cet homme, lui aussi, le veuille ; que ce
que Dieu ne veut pas, cet homme ne le veuille
pas non plus.

— Comment donc cela peut-il se faire ?

— Comment, en effet, sinon en considé- 100
rant les vouloirs de Dieu et son gouverne-
ment ? Que m'a-t-il donné qui soit à moi et
dont je sois le maître ; que s'est-il réservé à lui-
même ? Il m'a donné ce qui est du domaine

de la personne morale, il l'a créé soumis à mon pouvoir, affranchi de tout obstacle, de toute entrave. Ce corps de boue, comment pouvait-il le créer libre d'entraves ? Eh bien ! il l'a soumis à la révolution de l'Univers, ainsi que ma
101 fortune, mes meubles, ma maison, mes enfants, ma femme. Pourquoi, dès lors, lutter contre Dieu ? Pourquoi vouloir ce qu'on ne peut pas vouloir, posséder à tout prix ce qui ne m'a pas été donné ? Mais comment posséder ? Comme cela m'a été donné et pour autant que cela m'est donné. Mais le donateur me l'enlève. Pourquoi donc résister ? Je ne dis pas que je serai un sot en usant de violence contre plus fort que moi, mais, tout d'abord, je commet-
102 trai une injustice. De qui, en effet, tenais-je toutes ces choses quand je suis venu ici-bas ? C'est mon père qui me les avait données. Et à lui, qui les a données ? Et qui a fait le soleil, les fruits, les saisons, l'union et la société des hommes entre eux, qui ?

103 Et voilà qu'après avoir reçu d'un autre toutes ces choses, ainsi que ta propre personne, tu te plains et tu adresses des reproches au donateur, s'il vient à t'en enlever quelqu'une ? Qui es-tu, et pourquoi es-tu venu sur terre ?

N'est-ce pas Lui qui t'a introduit ici-bas ?
N'est-ce pas Lui qui a fait luire pour toi la 104
lumière ? Ne t'a-t-il pas donné des compagnons pour te venir en aide ? des sens aussi ? une raison ? Et dans quelle condition t'a-t-il introduit ici-bas ? N'est-ce pas comme mortel ? N'est-ce pas pour vivre sur terre avec un misérable morceau de chair, et, pendant quelque temps, contempler son gouvernement, suivre
son cortège et célébrer avec lui la fête ? Ne 105
veux-tu donc pas, après avoir contemplé, tant que cela t'est permis, le cortège et l'assemblée, t'en aller lorsqu'il t'emmène, non sans l'avoir adoré et remercié pour tout ce que tu as
entendu et vu ? « Non, je voulais encore assis- 106
ter à la fête. » Oui, et les initiés veulent continuer les initiations, et peut-être aussi les spectateurs d'Olympie veulent voir d'autres athlètes. Mais la fête a un terme. Sors, va-t'en, comme un homme reconnaissant et discret. Fais place à d'autres. Il faut que d'autres aussi viennent au monde, comme tu y es venu toi-même, et une fois venus, qu'ils aient de la place, et des demeures, et tout le nécessaire. Mais si les premiers ne se retirent pas, que reste-t-il pour eux ? Pourquoi es-tu insatiable ?

Pourquoi n'es-tu jamais satisfait ? Pourquoi encombres-tu le monde ?

107 — Oui, mais je désire que mes petits enfants et ma femme soient avec moi.

— Sont-ils à toi ? Ne sont-ils pas à qui te les a donnés ? À celui qui t'a créé ? Alors, ne renonceras-tu pas à ce qui ne t'appartient pas ? Ne céderas-tu pas à celui qui t'est supérieur ?

108 — Pourquoi donc m'a-t-il introduit ici-bas sous ces conditions ?

— Et si cela n'est pas à ton goût, sors ; il n'a pas besoin d'un spectateur toujours mécontent de son sort. Il lui faut des gens qui participent à ses fêtes et à ses danses, pour applaudir plus fort, pour suivre l'inspiration divine et chanter
109 les louanges de l'assemblée [1]. Quant aux grognons et aux lâches, c'est sans peine qu'il les verra déserter l'assemblée ; car, même présents, ils ne s'y conduisaient pas comme à une fête et ne remplissaient pas la place qu'ils auraient

1. Louer Dieu est le devoir propre de l'homme. Celui-ci est le véritable prêtre de la création. Sa mission est de contempler la nature et de l'interpréter. C'est ce qui le distingue des animaux et fait sa supériorité sur eux (*Entretiens* I, 6, 12-22). Le monde doit donc être considéré comme une fête à laquelle Dieu nous fait participer et comme un spectacle qu'il nous invite à contempler. Mais toute fête a un terme et la mort est simplement le retour de la fête.

dû, mais ils se lamentaient, ils incriminaient la divinité, le sort, leurs compagnons, insensibles et à ce qu'ils avaient obtenu et aux facultés qu'ils avaient reçues pour résister à l'adversité : la grandeur d'âme, la noblesse de caractère, le courage, cette liberté même que nous sommes en train de chercher.

— À quelle fin ai-je donc reçu ces dons ? 110

— Pour en user.

— Jusques à quand ?

— Tant qu'il plaira à celui qui te les a prêtés.

— Mais s'ils me sont nécessaires ?

— Ne t'y attache pas, et ils ne le seront pas. Ne te dis pas à toi-même qu'ils te sont nécessaires, et voici qu'ils ne le sont pas.

Voilà les réflexions auxquelles tu dois t'ap- 111
pliquer du matin au soir. Commence par les
plus petites choses, par les plus fragiles, un pot,
une coupe, puis, poursuis de la sorte jusqu'à
une tunique, à un cabot, à un vieux cheval, à
un bout de champ ; de là, passe à toi-même, à
ton corps, aux membres de ton corps, à tes
enfants, à ta femme, à tes frères. Regarde bien 112
de toutes parts pour tout rejeter loin de toi ;
purifie tes jugements pour que rien de ce qui

ne t'appartient pas ne s'attache à toi, ne fasse
113 corps avec toi, ne te cause de la souffrance, si on vient à te l'arracher. Et dis chaque jour en t'exerçant, comme tu le fais là-bas[1], non pas que tu es philosophe (admettons que le titre est prétentieux), mais que tu es un esclave en voie d'émancipation. Car voilà ce qu'est la véritable liberté.

114 C'est cette liberté que Diogène a reçue d'Antisthène, et depuis lors, dit-il, il n'a pu
115 être asservi par personne[2]. Aussi, quelle fut son attitude quand il fut capturé, comment se conduisit-il avec les pirates ? Appela-t-il maître l'un quelconque d'entre eux ? Et je ne parle pas du nom, car ce n'est pas le mot que je redoute, mais le sentiment qui provoque le mot. Voyez comment il leur reprochait de mal
116 nourrir leurs captifs. Songez à son attitude quand il fut vendu. Est-ce d'un maître qu'il était en quête ? Non, mais d'un esclave. Et une fois vendu, comment il se comportait vis-à-vis de son maître. Il discutait aussitôt avec lui, lui
117 disant qu'il ne devait pas s'habiller ainsi, avoir

1. C'est-à-dire au gymnase.
2. L'anecdote est célèbre et fréquemment rapportée.

les cheveux coupés ainsi, et comment ses
enfants devaient vivre. Quoi de surprenant ? Si
cet homme, en effet, eût acheté un maître de
gymnastique, en eût-il agi avec lui, dans les
exercices de la palestre, comme avec un servi-
teur ou comme avec un maître ? Et de même
si c'eût été un médecin ou un architecte. Ainsi,
en toute matière, l'homme compétent doit
nécessairement avoir la supériorité sur l'igno- 118
rant. Si donc quelqu'un possède la science de
la vie en général, que doit-il arriver, sinon qu'il
soit le maître ? Qui, en effet, est maître sur un
navire ?

— Le commandant.

— Pourquoi ? Parce que l'homme qui lui désobéit est puni.

— Mais mon maître peut me frapper.

— Eh bien, peut-il le faire impunément ?

— Non, et c'est ce que je pensais moi aussi. 119

— Mais parce qu'il ne peut le faire impunément, pour cette raison, il n'en a pas le pouvoir : nul ne peut impunément commettre l'injustice.

— Et quel est, à ton avis, le châtiment pour 120
celui qui a mis aux fers son propre esclave ?

— Le seul fait de l'avoir mis aux fers : toi-

même tu l'admettras, si tu veux sauver ce prin-
cipe qu'un homme n'est pas une bête sauvage,
121 mais un vivant civilisé[1]. Voyons, quand une
vigne est-elle en mauvais état ? Quand elle se
122 trouve dans un état contraire à sa propre
nature. Et un coq ? De même. Donc, égale-
ment l'homme. Or, quelle est sa nature ? Est-
ce de mordre, de ruer, de jeter en prison et de
décapiter ? Non, mais de faire le bien, d'être
utile aux autres, de prier pour eux. Ainsi ce
maître est en mauvais état, que tu le veuilles
ou non, quand il agit avec cruauté.

123 — En sorte que Socrate n'était pas en mau-
vais état ?

— Non, mais bien ses juges et ses accusa-
teurs.

— Ni non plus Helvidius à Rome ?

— Non, mais bien celui qui l'a mis à mort.

124 — Que veux-tu dire ?

— Ce que tu dis toi aussi. Tu ne dis pas
qu'un coq est en mauvais état quand il a rem-
porté la victoire, même s'il a été abîmé, mais
plutôt celui qui, ayant échappé aux coups, a
été vaincu ; tu ne déclares pas heureux non

1. Platon, *Sophiste*, 222 b.

plus un chien s'il ne sait ni courir ni peiner,
mais bien quand tu le vois couvert de sueur,
souffrant, brisé par la course. Qu'y a-t-il de 125
paradoxal à affirmer que, pour tout être, le mal
est ce qui est contraire à sa nature ? Est-ce là
un paradoxe ? Ne le dis-tu pas toi-même
quand il s'agit de tout autre être ? Pourquoi,
dès lors, pour l'homme seul, penses-tu diffé-
remment ? Mais quand nous disons : l'homme 126
est par nature sociable, affectueux, fidèle [1], n'y
a-t-il pas là un paradoxe ?

— Pas davantage.

— Comment donc peut-il encore ne subir 127
aucun dommage, quand il est battu, jeté en
prison ou décapité ? N'est-il pas vrai que cet
homme souffre noblement et retire de son
épreuve avantage et profit, tandis que c'est
l'autre, au contraire, qui est lésé, lui qui
éprouve les plus lamentables et les pires dis-
grâces, lui qui, au lieu d'un homme, devient
un loup, ou une vipère, ou une guêpe ?

1. La formule rappelle celle où l'homme est désigné comme un animal apprivoisé. L'inspiration du paragraphe suivant (127) est d'ailleurs toute platonicienne. Tout le *Gorgias* est employé à démontrer que l'épreuve est avantage et profit pour le juste qui la subit et que l'injustice est désavantage et perte pour celui qui la commet.

128 Voyons, repassons les points acquis. L'homme qui n'est soumis à aucune entrave est libre, lui qui a toutes choses sous la main, à son gré. Mais celui que l'on peut entraver ou contraindre, à
129 qui l'on peut faire obstacle, celui que l'on peut, malgré lui, jeter dans quelque difficulté, celui-là est esclave. Et quel est l'homme qui est affranchi de toute entrave ? Celui qui ne désire rien de ce qui lui est étranger. Et quelles choses nous sont étrangères ? Celles qu'il ne dépend de nous ni d'avoir, ni de n'avoir pas, ni d'avoir avec telles ou telles qualités, ou en telles conditions.
130 Donc le corps nous est étranger, ses membres nous sont étrangers, la fortune nous est étrangère. Si, par conséquent, tu t'attaches à quelqu'une de ces choses comme à un objet personnel, tu recevras le châtiment que mérite
131 celui qui désire ce qui lui est étranger. Telle est la route qui conduit à la liberté ; la seule qui délivre de l'esclavage : c'est de pouvoir dire un jour avec toute son âme :

Dirige-moi, ô Zeus, et toi, ô Destinée,
Vers le but que jadis vous m'avez assigné[1].

1. Cléanthe. Le sage est celui qui suit sans murmure ; le méchant, celui qui s'y refuse.

Mais que dis-tu, ô philosophe ? Le tyran te 132
convoque pour que tu tiennes des propos indignes de toi. Les tiens-tu, oui ou non ? Réponds-moi.

— Attends que j'examine.

— Que tu examines maintenant ? Mais quand tu étais à l'école, qu'examinais-tu ? Ne méditais-tu pas quels sont les biens et les maux et quels sont les objets indifférents ?

— Je l'examinais.

— Et quelles étaient vos conclusions ? 133

— Que les choses justes et belles sont bonnes ; les choses injustes et viles, mauvaises.

— Est-ce que vivre est un bien ?

— Non.

— Et mourir est-il un mal ?

— Non.

— Et l'emprisonnement ?

— Non.

— Mais une parole basse et déloyale, trahir un ami, flatter un tyran, que vous semblait tout cela ?

— Des maux.

— Eh bien, alors ? Non, tu n'examines pas 134
la question et ton examen n'est point accom-

pli, ni ta décision prise. À quoi bon un exa-
men, en effet, pour savoir s'il me convient, à
moi qui peux me procurer les plus grands
biens, de ne pas me procurer les pires maux ?
Bel examen et bien nécessaire, qui demande
une longue délibération ! Pourquoi, homme,
te moquer de nous ? Jamais on ne fait un pareil
135 examen. Mais si tu t'étais vraiment représenté
que les choses viles sont des maux et que tout
le reste est indifférent, tu n'en serais pas venu
à cette hésitation, tant s'en faut ! En réalité, tu
étais capable de trancher la question sur-le-
136 champ, d'un simple coup d'œil pour ainsi dire,
par la raison. Quand donc te mets-tu à réflé-
chir pour savoir si le noir est blanc, le lourd
léger ? Est-ce que tu ne suis pas la claire évi-
dence des sens ? Comment, dès lors, parles-tu
maintenant d'examiner s'il faut fuir ce qui est
137 indifférent plus que ce qui est mauvais ? Tou-
tefois, ce ne sont pas là les jugements que tu
portes, mais ces objets ne te paraissent pas
indifférents ; ils te semblent, au contraire, les
pires des maux, tandis que tels autres ne te
paraissent pas être des maux, mais tu crois
qu'ils n'ont aucun rapport avec nous.

138 Car voilà les habitudes que tu as prises dès

le début. « Où suis-je ? À l'école. Et quels sont
mes auditeurs ? Je parle au milieu des philo-
sophes. Mais me voici sorti de l'école : sup- 139
prime ces propos de pédants et de sots. » C'est
ainsi qu'un philosophe apporte son témoi-
gnage contre un ami ; c'est ainsi qu'un philo-
sophe fait le métier de parasite ; c'est ainsi qu'il
se vend pour de l'argent ; c'est ainsi qu'au
sénat, un homme ne dit pas ce qu'il pense, tan- 140
dis que dans son cœur s'exclame son jugement,
non pas une froide et misérable opinion, sus-
pendue comme à un cheveu à des raisonne-
ments de fortune, mais un jugement vigoureux
et utile, un jugement que l'exercice pratique a 141
vraiment initié. Observe-toi : quelle figure tu
fais quand tu apprends — je ne dis pas que ton
fils est mort ; comment supporterais-tu la nou-
velle ? — mais que ton huile a été renversée, 142
qu'on a bu tout ton vin ? On pourrait bien
venir te dire, dans l'état d'excitation où tu te
trouves alors, ces simples mots : « Philosophe,
tu parles autrement à l'école. Pourquoi nous
trompes-tu ? Pourquoi, alors que tu n'es qu'un
ver de terre, te donner pour un homme ? » Je 143
voudrais surprendre un de ces philosophes en
train de faire l'amour, pour voir les efforts qu'il

déploie, les paroles qu'il profère, s'il se souvient de son titre, des arguments qu'il entend, qu'il énonce ou qu'il lit[1].

144 — Et quel rapport cela a-t-il avec la liberté ?

— Mais cela seul en a, que vous le vouliez, vous, les riches, ou que vous ne le vouliez pas.

— Et quelle preuve en apportes-tu ?

145 — Quelle autre que vous-mêmes, vous qui avez ce maître puissant et vivez attentifs au moindre signe et au moindre geste de sa part ; vous qui, s'il vient seulement à regarder l'un de vous en fronçant les sourcils, mourez de peur ; vous qui faites votre cour aux vieux et aux vieilles et dites : « Je ne puis faire ceci, je
146 n'en ai pas la permission. » Pourquoi n'en as-tu pas la permission ? Ne me contredisais-tu pas tantôt en prétendant que tu étais libre ? — « Mais Aprulla m'en a empêché. » — Dis donc la vérité, esclave, et ne te sauve point de chez tes maîtres, ne les renie pas et n'aie point l'audace de produire ton émancipateur, quand

1. Sénèque s'insurge, lui aussi, contre les maîtres de philosophie « dont la vie ne s'accorde aucunement avec les règles de vie qu'ils prescrivent... et qui tombent dans les vices qu'ils pourchassent ». S'ils veulent que leur enseignement porte, *faciant quae dixerint*.

les preuves de ton esclavage sont si nom- 147
breuses. En vérité, quand un homme est forcé
par la passion amoureuse d'agir contrairement
à son sentiment, quand il voit ce qui est
meilleur et, en même temps, n'a point l'éner-
gie de le suivre, on serait tenté plutôt de le
juger digne de pardon, comme possédé par
une volonté contraignante et en quelque sorte 148
divine. Mais toi, qui pourrait te supporter avec
ta passion pour ces vieux et pour ces vieilles,
toi qui mouches et qui débarbouilles celles-ci
et les gagnes par des présents, toi qui les soi-
gnes comme un esclave quand elles sont
malades et, en même temps, pries pour leur
mort, t'informant auprès des médecins si elles
sont enfin sur le point de mourir ? Ou encore
quand, pour l'amour de ces charges et de ces
honneurs puissants et révérés, tu baises les
mains des esclaves d'autrui, en sorte que tu es 149
l'esclave de gens qui ne sont même pas libres ?
Et ensuite, tu te pavanes devant moi dans ta
dignité de préteur ou de consul ! Ne sais-je
pas comment tu as abouti à la préture, com-
ment tu as obtenu le consulat, qui te l'a 150
donné ? Pour moi, je n'accepterais même
pas de vivre s'il me fallait devoir ma vie à

Félicion[1] et souffrir sa morgue et son arrogance
d'esclave. Car je sais ce qu'est un esclave qui
est heureux, à ce qu'il croit, et bouffi d'or-
gueil[2].

151 — Mais toi, dit-il, es-tu libre ?

— Par les dieux, je désire l'être et je le leur
demande, mais je ne puis encore regarder en
face mes maîtres, je fais encore cas de mon
152 misérable corps, je veille par-dessus tout à le
conserver intact, bien qu'il ne le soit même
pas[3]. Mais je puis te montrer un homme libre
pour que tu n'aies plus à chercher d'exemple.
Diogène était libre. Comment cela ? Non pas
qu'il fût né de parents libres (il ne l'était pas),
mais parce qu'il l'était lui-même, parce qu'il
avait rejeté tout ce qui pouvait donner prise
sur lui à la servitude et qu'il n'y avait pour per-
sonne moyen de l'approcher, ni endroit pour
153 le saisir en vue de le réduire en esclavage. Tout
ce qu'il avait, il pouvait s'en détacher sans
peine, tout n'était que comme suspendu à lui.
Si tu lui avais pris sa fortune, il te l'aurait aban-

1. Épictète fait de Félicion le type de l'esclave méprisable, mais influent.

2. Allusion à l'époque où il était l'esclave d'Épaphrodite à Rome. Épictète en avait gardé un mauvais souvenir.

3. Allusion à son infirmité.

donnée plutôt que de te suivre à cause d'elle ;
sa jambe ? il te l'aurait abandonnée ; son corps
tout entier ? il t'aurait abandonné tout son
corps ; et ses parents, ses amis, sa patrie de
même. Il savait d'où ils lui venaient et de qui
il les avait reçus et à quelles conditions. Quant 154
à ses véritables ancêtres, les dieux, et à sa patrie
authentique, il ne les aurait jamais abandonnés
et il n'aurait pas souffert qu'un autre le surpas-
sât en obéissance et en soumission envers eux,
et nul n'aurait donné de meilleur cœur sa vie 155
pour sa patrie. Car il ne cherchait jamais à
paraître faire quelque chose pour l'Univers,
mais il se rappelait que tous les événements ont
leur source là et sont accomplis pour cette
patrie et sont ordonnés par Celui qui la gou- 156
verne. Aussi, vois ce qu'il dit et écrit : « Voilà
pourquoi il t'est permis à toi, Diogène, de
discuter avec le roi des Perses et avec Archi-
damos, le roi de Lacédémone, comme tu l'en- 157
tends. » Était-ce parce qu'il était né de parents
libres ? Les Athéniens, les Lacédémoniens, les
Corinthiens étaient-ils donc tous fils d'esclaves
pour ne point pouvoir discuter avec ces rois
comme ils l'entendaient, mais pour devoir les
craindre et les flatter ? Pourquoi donc, dira 158

quelqu'un, cela t'est-il permis ? « Parce que je ne considère pas ce misérable corps comme mien, parce que je n'ai besoin de rien, parce que la loi est tout pour moi, et le reste rien. » Voilà ce qui a permis à cet homme de rester libre.

159 Et pour que tu ne croies pas que je te présente l'exemple d'un homme vivant seul, n'ayant ni femme, ni enfants, ni patrie, ni amis, ni parents qui auraient pu le faire fléchir et le détourner de ses projets, prends Socrate, et considère un homme qui a femme et enfants, mais les a comme des choses qui lui sont étrangères, qui a une patrie, pour autant que c'était son devoir et de la manière dont ce devoir l'exigeait, qui a des amis, des parents, tout cela
160 subordonné à la loi et à l'obéissance à la loi. C'est pourquoi, quand c'était son devoir de servir comme soldat, il était le premier à partir et, à son poste, il bravait le danger sans s'épargner le moins du monde ; et quand il fut envoyé par les tyrans pour arrêter Léon, convaincu que ce serait là un déshonneur, il ne délibéra même pas, sachant bien qu'il lui
161 faudrait mourir si le sort en décidait ainsi. Et que lui importait ? C'est bien, en effet, tout

autre chose qu'il désirait sauver : non pas sa
misérable chair, mais, en sa personne, l'homme 162
loyal, l'homme d'honneur. Cela, on ne peut
l'attaquer, on ne peut le soumettre. Dans la
suite, quand il fallut plaider pour défendre sa
vie, son attitude est-elle celle d'un homme qui
a des enfants, qui a une femme ? Non, mais
celle d'un homme qui vit seul. Et, quand il dut 163
boire le poison, quelle est son attitude ? Alors
qu'on pouvait le sauver et que Criton lui
disait : « Quitte ta prison à cause de tes en-
fants », que répond-il ? Jugeait-il cette propo-
sition comme une aubaine ? Allons donc ! Il ne
considère que ce qu'il est honnête de faire ; le
reste, il ne le regarde même pas et n'en tient
aucun compte. Il ne voulait pas, en effet, sui-
vant ses expressions, sauver son misérable
corps, mais cela seul qu'une conduite juste
grandit et sauve, qu'une conduite injuste 164
amoindrit et perd. Et Socrate ne sauve point
sa vie au prix du déshonneur, lui qui a refusé
de mettre aux voix une sentence malgré l'or-
dre des Athéniens, lui qui a méprisé les tyrans, 165
lui qui tenait de si nobles discours sur la vertu
et la bonté morale. Cet homme, on ne peut le
sauver au prix du déshonneur, mais c'est par la

mort qu'il est sauvé, non par la fuite. En effet, le bon acteur se sauve quand il s'arrête à temps, plutôt que de continuer à jouer intempestivement.

166 — Que feront donc les enfants ?

— « Si je partais pour la Thessalie, vous vous occuperiez d'eux ; et quand je serai descendu chez Hadès, il n'y aura personne pour s'en occuper ? » Regarde comme il désigne la
167 mort par des noms caressants et comme il badine à son sujet. Si c'eût été toi ou moi, nous n'aurions pas manqué aussitôt d'établir philosophiquement « qu'il faut se défendre contre les gens injustes par des procédés semblables aux leurs », et nous aurions ajouté : « Sauvé, je serai utile à bien des gens, mais, mort, je ne le
168 serai à personne » ; car, s'il l'eût fallu, nous aurions passé par un trou de souris pour nous échapper. Et comment aurions-nous pu être utiles à quiconque ? Où ces gens-là auraient-ils pu nous attendre ? Et, quand même nous serions utiles en vivant, n'aurions-nous pas encore rendu bien plus de services aux hommes
169 en mourant lorsqu'il le fallait et comme il le fallait ? Et, maintenant que Socrate est mort, sa mémoire n'en est pas moins utile aux hommes,

ou même l'est beaucoup plus que tout ce qu'il a fait ou dit quand il vivait encore [1].

Médite ces choses, ces jugements, ces rai- 170
sons ; contemple ces exemples si tu veux être
libre, si tu désires ce bien en proportion de sa
valeur. Et qu'y a-t-il de surprenant à ce qu'un 171
si grand bien tu l'achètes si cher et à un si haut
prix ? Pour l'amour de ce qu'ils croient être la
liberté, il y a des gens qui se pendent, d'autres
qui se jettent dans un précipice et, parfois 172
même, des villes entières ont péri. Et pour la
vraie liberté, celle qui n'est exposée à aucune
embûche et qui est sûre, quand Dieu te récla-
mera ce qu'il t'a donné, ne céderas-tu pas ?
Refuseras-tu de t'exercer non seulement à la
mort, comme dit Platon [2], mais à la torture, à
l'exil, aux coups, en un mot à l'abandon de 173
tout ce qui t'est étranger ? Alors, tu seras
esclave parmi des esclaves, serais-tu mille fois

1. Épictète a parfaitement compris le sens de la mort de Socrate. Il le doit à la lecture du *Criton*. Dans ce dialogue, Socrate démontre en effet à Criton qu'il se doit d'accepter la mort s'il ne veut pas périr dans le souvenir des hommes et s'il veut rester fidèle au grand principe qui dirigea toute sa vie : la soumission au *logos*, à la raison. Céder à l'invitation de Criton et de ses amis, ce serait violer les lois. Que deviendraient alors ses beaux discours sur la vertu, sur la légalité et les lois ?

2. Platon, *Phédon*.

consul ; et quand même tu monterais au palais,
esclave tout autant, et tu comprendras que les
philosophes disent peut-être des paradoxes,
comme l'affirmait aussi Cléanthe, mais non pas
174 des paralogismes. Car tu apprendras, par l'ex-
périence, que tout cela est vrai et que toutes
ces choses que l'on admire et pour lesquelles
on s'empresse ne servent de rien à ceux qui les
ont obtenues. Ceux, au contraire, qui ne les
ont pas encore obtenues s'imaginent que les
avoir leur procurera tous les biens. Puis, quand
on les a, aussi lourde est la chaleur, aussi grande
l'agitation, le dégoût, le désir de ce qu'on n'a
175 pas. Car ce n'est pas par la satisfaction des désirs
176 que s'acquiert la liberté, mais par la destruction
du désir. Et, pour comprendre que ces affir-
mations sont vraies, toute la peine dépensée à
satisfaire ces désirs, retourne-la sur elles :
177 emploie tes veilles à l'acquisition du jugement
qui te rendra libre ; au lieu de faire ta cour à
un riche vieillard, fais-la à un philosophe ;
montre-toi à sa porte : tu ne seras pas désho-
noré d'y être vu, et tu ne t'en retourneras pas
les mains vides, ni sans profit, si tu t'approches
comme il sied. Du moins, essaie toujours :
essayer n'est pas déshonorant.

COLLECTION FOLIO 2€

Dernières parutions

4790. Marcel Proust	*La fin de la jalousie* et autres nouvelles
4839. Julian Barnes	*À jamais* et autres nouvelles
4840. John Cheever	*Une Américaine instruite* précédé d'*Adieu, mon frère*
4841. Collectif	*« Que je vous aime, que je t'aime! » Les plus belles déclarations d'amour*
4842. André Gide	*Souvenirs de la cour d'assises*
4843. Jean Giono	*Notes sur l'affaire Dominici* suivi d'*Essai sur le caractère des personnages*
4844. Jean de La Fontaine	*Comment l'esprit vient aux filles* et autres contes libertins
4845. Yukio Mishima	*Papillon* suivi de *La lionne*
4846. John Steinbeck	*Le meurtre* et autres nouvelles
4847. Anton Tchekhov	*Un royaume de femmes* suivi de *De l'amour*
4848. Voltaire	*L'Affaire du chevalier de La Barre* précédé de *L'Affaire Lally*
4875. Marie d'Agoult	*Premières années (1806-1827)*
4876. Madame de Lafayette	*Histoire de la princesse de Montpensier* et autres nouvelles
4877. Madame Riccoboni	*Histoire de M. le marquis de Cressy*
4878. Madame de Sévigné	*« Je vous écris tous les jours... » Premières lettres à sa fille*
4879. Madame de Staël	*Trois nouvelles*
4911. Karen Blixen	*Saison à Copenhague*
4912. Julio Cortázar	*La porte condamnée* et autres nouvelles fantastiques

4913. Mircea Eliade — *Incognito à Buchenwald...* précédé d'*Adieu!...*
4914. Romain Gary — *Les Trésors de la mer Rouge*
4915. Aldous Huxley — *Le jeune Archimède* précédé de *Les Claxton*
4916. Régis Jauffret — *Ce que c'est que l'amour* et autres microfictions
4917. Joseph Kessel — *Une balle perdue*
4918. Lie-tseu — *Sur le destin* et autres textes
4919. Junichirô Tanizaki — *Le pont flottant des songes*
4920. Oscar Wilde — *Le portrait de Mr. W.H.*
4953. Eva Almassy — *Petit éloge des petites filles*
4954. Franz Bartelt — *Petit éloge de la vie de tous les jours*
4955. Roger Caillois — *Noé* et autres textes
4956. Jacques Casanova — *Madame F.* suivi d'*Henriette*
4957. Henry James — *De Grey, histoire romantique*
4958. Patrick Kéchichian — *Petit éloge du catholicisme*
4959. Michel Lermontov — *La princesse Ligovskoï*
4960. Pierre Péju — *L'idiot de Shanghai* et autres nouvelles
4961. Brina Svit — *Petit éloge de la rupture*
4962. John Updike — *Publicité* et autres nouvelles
5010. Anonyme — *Le petit-fils d'Hercule. Un roman libertin*
5011. Marcel Aymé — *La bonne peinture*
5012. Mikhaïl Boulgakov — *J'ai tué* et autres récits
5013. Sir Arthur Conan Doyle — *L'interprète grec* et autres aventures de Sherlock Holmes
5014. Frank Conroy — *Le cas mystérieux de R.* et autres nouvelles
5015. Sir Arthur Conan Doyle — *Une affaire d'identité* et autres aventures de Sherlock Holmes
5016. Cesare Pavese — *Histoire secrète* et autres nouvelles
5017. Graham Swift — *Le sérail* et autres nouvelles
5018. Rabindranath Tagore — *Aux bords du Gange* et autres nouvelles

5019. Émile Zola	*Pour une nuit d'amour* suivi de *L'inondation*
5060. Anonyme	*L'œil du serpent. Contes folkloriques japonais*
5061. Federico García Lorca	*Romancero gitan* suivi de *Chant funèbre pour Ignacio Sanchez Mejias*
5062. Ray Bradbury	*Le meilleur des mondes possibles* et autres nouvelles
5063. Honoré de Balzac	*La Fausse Maîtresse*
5064. Madame Roland	*Enfance*
5065. Jean-Jacques Rousseau	*« En méditant sur les dispositions de mon âme... »* et autres rêveries, suivi de *Mon portrait*
5066. Comtesse de Ségur	*Ourson*
5067. Marguerite de Valois	*Mémoires. Extraits*
5068. Madame de Villeneuve	*La Belle et la Bête*
5069. Louise de Vilmorin	*Sainte-Unefois*
5120. Hans Christian Andersen	*La Vierge des glaces*
5121. Paul Bowles	*L'éducation de Malika*
5122. Collectif	*Au pied du sapin. Contes de Noël*
5123. Vincent Delecroix	*Petit éloge de l'ironie*
5124. Philip K. Dick	*Petit déjeuner au crépuscule* et autres nouvelles
5125. Jean-Baptiste Gendarme	*Petit éloge des voisins*
5126. Bertrand Leclair	*Petit éloge de la paternité*
5127. Alfred de Musset - George Sand	*« Ô mon George, ma belle maîtresse... » Lettres*
5128. Grégoire Polet	*Petit éloge de la gourmandise*
5129. Paul Verlaine	*L'Obsesseur* précédé d'*Histoires comme ça*
5163. Akutagawa Ryûnosuke	*La vie d'un idiot* précédé d'*Engrenage*
5164. Anonyme	*Saga d'Eiríkr le Rouge* suivi de *Saga des Groenlandais*
5165. Antoine Bello	*Go Ganymède !*

5166. Adelbert von Chamisso — *L'étrange histoire de Peter Schlemihl*
5167. Collectif — *L'art du baiser. Les plus beaux baisers de la littérature*
5168. Guy Goffette — *Les derniers planteurs de fumée*
5169. H. P. Lovecraft — *L'horreur de Dunwich*
5170. Léon Tolstoï — *Le diable*
5184. Alexandre Dumas — *La main droite du sire de Giac* et autres nouvelles
5185. Edith Wharton — *Le miroir* suivi de *Miss Mary Pask*
5231. Théophile Gautier — *La cafetière* et autres contes fantastiques
5232. Claire Messud — *Les Chasseurs*
5233. Dave Eggers — *Du haut de la montagne, une longue descente*
5234. Gustave Flaubert — *Un parfum à sentir ou Les Baladins* suivi de *Passion et vertu*
5235. Carlos Fuentes — *En bonne compagnie* suivi de *La chatte de ma mère*
5236. Ernest Hemingway — *Une drôle de traversée*
5237. Alona Kimhi — *Journal de Berlin*
5238. Lucrèce — « *L'esprit et l'âme se tiennent étroitement unis* ». *Livre III de* « *De la nature* »
5239. Kenzaburô Ôé — *Seventeen*
5240. P. G. Wodehouse — *Une partie mixte à trois* et autres nouvelles du green
5347. Honoré de Balzac — *Philosophie de la vie conjugale*
5348. Thomas De Quincey — *Le bras de la vengeance*
5349. Charles Dickens — *L'embranchement de Mugby*
5350. Épictète — *De l'attitude à prendre envers les tyrans*
5351. Marcus Malte — *Mon frère est parti ce matin...*
5352. Vladimir Nabokov — *Natacha* et autres nouvelles
5353. Arthur Conan Doyle — *Un scandale en Bohême* suivi de *Silver Blaze. Deux aventures de Sherlock Holmes*

5354. Jean Rouaud	*Préhistoires*
5355. Mario Soldati	*Le père des orphelins*
5356. Oscar Wilde	*Maximes* et autres textes
5415. Franz Bartelt	*Une sainte fille* et autres nouvelles
5416. Mikhaïl Boulgakov	*Morphine*
5417. Guillermo Cabrera Infante	*Coupable d'avoir dansé le cha-cha-cha*
5418. Collectif	*Jouons avec les mots. Jeux littéraires*
5419. Guy de Maupassant	*Contes au fil de l'eau*
5420. Thomas Hardy	*Les intrus de la Maison Haute* précédé d'un autre conte du Wessex
5421. Mohamed Kacimi	*La confession d'Abraham*
5422. Orhan Pamuk	*Mon père* et autres textes
5423. Jonathan Swift	*Modeste proposition* et autres textes
5424. Sylvain Tesson	*L'éternel retour*
5462. Lewis Carroll	*Misch-Masch* et autres textes de jeunesse
5463. Collectif	*Un voyage érotique. Invitations à l'amour dans la littérature du monde entier*
5464. François de la Rochefoucauld	*Maximes*
5465. William Faulkner	*Coucher de soleil* et autres Croquis de La Nouvelle-Orléans
5466. Jack Kerouac	*Sur les origines d'une génération* suivi de *Le dernier mot*
5467. Liu Xinwu	*La Cendrillon du canal* suivi de *Poisson à face humaine*
5468. Patrick Pécherot	*Petit éloge des coins de rue*
5469. George Sand	*La château de Pictordu*
5470. Michel de Montaigne	*De l'oisiveté* et autres Essais en français moderne
5471. Martin Winckler	*Petit éloge des séries télé*

Composition Bussière
Impression Novoprint
à Barcelone, le 18 août 2012
Dépôt légal : août 2012
1er dépôt légal dans la collection : avril 2005

ISBN 978-2-07-030794-4./Imprimé en Espagne.

247700